寄偶鎮 II

六色羽 著

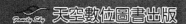
天空數位圖書出版

目錄

寄偶鎮 II

目錄

第1章

那條河的迷信

偌大的陽光散在孫玟萱的頭上，剛幫阿武洗完澡走出他們的家，覺得心情好平靜，昨晚遇到那些恐怖的事跡，瞬間煙消雲散，很久沒有這樣哄孩子睡覺了。

她腳步輕快的經過灌木牆那戶人家，裡面依舊傳來那一大家族鼎沸的喧鬧聲，孫玟萱無心理會，逕直的往山坡下爬去。

她幾乎一整晚沒睡，卻一點疲倦的感覺都沒有。心裏依然繫著青河，只想快點找到他，這次無論如何，都要拉他回家，不能再讓他繼續這麼荒唐下去了。

一大清早，山路上居然已經有好多攤販出來做生意了，人來人往，這個鎮難得一片欣欣向榮的景象。這時她才發現自己竟在往山下走，似乎是累得有些昏頭轉向，她連忙回頭。

「孫老師早～」

原來是昨天去過金婆婆家的阿春嫂在叫她，她家好像就在金婆婆家不遠的地方。

孫玟萱跟她客氣的點個頭回道：「早！」

沒想這時自她身後卻撞來一道強勁的力量，將她給撞倒於地上，一陣疼自手肘傳來，撞她的是一個衣

衫襤褸的男人，卻只是回頭看了孫玫萱一眼，又縮頭縮腦的急忙繼續往前走。

阿春嫂見狀連忙過來扶她，然後向那走下山的男人拉開嗓門大叫：「順義啊，你在幹什麼啊？是沒見到自己撞到人了是嗎？」

但那個叫順義的男人，還是埋頭走了。對鎮民名字還不是很熟的孫玫萱看了一眼順義手中的那把藍色傘，才明白撞她的人是誰？

阿春嫂尷尬的對孫玫萱說：「抱歉抱歉！那個順義自從女兒被山上的水鬼給抓走後，精神就變得恍恍惚惚的。」

「被水鬼給抓走？」孫玫萱身子一震，她剛剛才從山上那條河歷劫歸來，那些恐怖女嬰的鬼臉、卡在大石上如鬼太郎般的眼睛，都還讓她心有餘悸。

「什麼水鬼啊？」孫玫萱忍不住好奇的問。

「阿春嫂妳別怪力亂神的行不行？」一個高瘦的老頭也走過來關心：「順義的女兒是去森林的溪邊玩時不見了，人找到現在都還找不到，說不定還活著。」

　　孫玟萱認出瘦老頭就是在車站等女兒的阿昌伯，她向他、還有他身後害羞的老婆點了點頭打招呼。

　　「我哪有怪力亂神啊？還說不是被水鬼給抓走？」阿春嫂硬生打斷了阿昌伯的話，臉色倏地轉得無比的嚴肅說：「四十年前，重男輕女的觀念非常嚴重，再加上村裏人滿為患，很多人就把剛出生的女嬰當成了祭品，送給山河神，聽說這樣可以保家裏的男丁長命百歲。」

　　孫玟萱有些不可思議！真有這樣的習俗存在現實生活中。

　　「當時被家人丟到河裡活活溺死的女嬰，可是不計其數啊！那條河，陰氣可重囉，早就告訴順義別再讓女兒到那裡去玩，他當時就是不信邪也說我怪力亂神。結果才會到現在還是找不到女兒。」

　　說到這裏，大家的臉色沈得愴然。

　　阿春嫂沈重的繼續說：「想想那時候用女嬰換男丁長命百歲的迷信，也真是害慘了後代子孫，搞得這十年來，這鎮裡的人口都要絕跡了，年輕人還不斷往外移，留下來的又不想再生小孩了。」

的確諷刺，原本乞求人丁興旺的迷信，最後卻搞得人口將近滅絕，真是遺憾。

只是孫玟萱越聽心越毛，難不成她凌晨在河裏遇到的，真的是嬰屍嗎？她真的墮入老婆婆警告過她的，走上森林的另一條陰路去了嗎？

涼意一路自孫玟萱的背脊往上攀爬。

阿昌伯也緊抿了嘴沒再說什麼，逕自回頭看了一眼老婆說走吧，兩人又一前一後的往山下走了。

孫玟萱這時發現跟在他身後老婦，依然穿著那條碎花布的裙子，阿昌伯這時回頭對身後的老太婆說：「妳看妳女兒，今天真的會依約帶著孫子們回來嗎？」

「會啦，她今天一定會帶他們回家的。」老太婆的笑容裡藏著的只有茫然。

即使老婆的回答充滿了希望，阿昌伯依然悵然若失的垂下了眼瞼，默默的走了一小段路後，又對身旁的老伴抱怨說：「就告訴妳別老是穿得那麼寒酸，好歹上個口紅嘛。」

「又不是等你回來，是等女兒回來，擦什麼口紅？」老婦人害羞的說。

「不是，如果我們穿得體面，那勢利的女婿就不會看不起我們咩。他一定就是覺得我們太窮，才會不想讓我們的兒孫回來看我們，連我們的的女兒都不讓她回來了，真的好過份。」

阿昌伯有些激動的說。

談到那個女婿，老婦也只是搖頭無語，不想再多說什麼了。

孫玟萱盯著老夫婦的背影發愣，阿春嫂在她的耳邊說：「這兩老也是可憐人，好不容易把女兒拉拔長大大學畢了業，在大城市嫁給一個有錢老闆後，就再也沒回來看過他們倆老。他們常接到女兒要坐車回家看他們的電話，但每次去了車站，每次都是讓他們希望成空，這回，大概又要去等了吧？」

不等孫玟萱咀嚼老夫婦的哀愁，阿春嫂已經話風一轉，問她：「孫老師要去哪？」

孫玟萱回神說：「我要去找我兒子青河。」

她發現了一件事，那就是阿春嫂，怎麼沒有像其他村民一樣，有炯炯發著光芒的眼睛，還垂老的很無神，但反而感覺比較像正常人充滿靈性。其他村民，則是各個像瞪大眼睛在審視著人。

阿春嫂回她：「妳兒子和金婆婆在活動中心後面。」

聽到終於有兒子的消息，她感激的說：「喔，謝謝。」孫玟萱好奇的打量穿得一身黑的阿春嫂：「阿春嫂要去哪？」

「我要去幫住在鎮尾的福壽伯捻香啦，他昨晚過世了，等會兒金婆婆忙完也會過去。那我先走了。」阿春嫂說完，即匆匆的走下山去了。

福壽伯捻香？

孫玟萱訝異的在腦海裏搜索福壽伯的長相，昨天他不是才和大家在金婆婆家有說有笑的聊著天吃菘茸嗎？她想向阿春嫂再問清楚，但她人已經匆匆忙忙的走遠了。

孫玟萱心有戚戚的想，或許老人家都是如此吧！年紀大到不知道今天是不是就是自己的最後一天了？

和阿春嫂分開後，孫玟萱逕直的往山上走。

活動中心的玻璃門依然都敞開著，門上倒印著美麗的山景，裡面有好多的孩子在那裏打球和運動。

孫玟萱感受到孩子們的活力而欣慰一笑，整個早上沈重詭譎的遭遇此刻一掃而盡。

　　繞過活動中心，後面有一片平坦的坡地，種了許多蔬果和青菜，孫玟萱不但看到了金婆婆，還看到了青河，他懷裏抱著一大撮稻草，循著金婆婆發現孫玟萱到來的目光，也看向孫玟萱。

　　「青河。」孫玟萱叫他的名字，但他卻把頭撇開，繼續做他的工作。

　　孫玟萱對於他的態度先是一愣，後來慢慢發現，眼前的兒子和森林看到的那個一樣，身形真的比昨天看到的青河還要小一號，也年輕許多。

　　這是怎麼一回事？莫非有兩個青河？

　　一個是研究所畢業的兒子、一個是高中時期的？

　　這個深山村鎮，還真不是她所想像的詭異！

第 2 章

稻草人

但不管如何？他們都是她的兒子。

孫玟萱信步的向青河走去，疑惑的看著他將稻草放到一個用木頭架起的平台上，將它們和報紙綑綁在一起，平台後方堆滿了舊衣和一些棉花。

兒子對她視若無睹，讓孫玟萱覺得有些尷尬與難過，今天凌晨為了找他，差點就淹死在那條深山僻境的河裏，兒子卻還這麼對她？

「青河，你在這裡做什麼？」她忍不住的開口問他，以他現在這個階段的大白天，他應該都在那人滿為患的擁擠補習班裡上課。

才看到高中時期的兒子不到十分鐘，她竟已經適應這樣年紀的他。而且看他遊手好閒的在外遊蕩，她的心竟無緣由的慌了起來，即使她早已知道，兒子將來不僅是能夠考上大學，而且還上了研究所，還是慌張的想：他不去讀書，絕對會跟不上別人。

如果時間能夠重新來過的話…

這個高中時期的青河若是能夠更加努力一點，應該就能考上更有名氣的研究所，而不是去二流的大學院校，只是混個文憑而已。那麼他出來找工作，就會更輕鬆了。

她站在那裡殷殷盯著青河的眼神，讓青河倍感壓迫，好像有一顆大石頭就壓在他的肩頭上，壓得他無法呼吸，他終於忍不住的對她說：「可以不要站在那裏阻礙我工作嗎？」

「工作？」她輕蔑的掃了一眼他正全神貫注的工作：「你拿那些草和破布要做什麼？」不就一堆垃圾，算什麼工作？

「孫老師，妳兒子在幫我做稻草人，我們要放到田裏趕烏鴉和動物用的，有這些稻草人顧田，大家種的食物，才不會被吃光光喔。」金婆婆不知何時已站在他們面前，向孫玟萱繼續解釋：「這農作物啊！因為氣候紊亂暖化，一年比一年還要難生長，再加上動物的干擾的話…」。

不待金婆婆解釋完，孫玟萱已厭惡的把臉給撇開，心裏鄙夷的想，這些事，你們鄉下的農夫自己做就好，別叫青河這個研究生也跟著做？她敷衍了事的對金婆婆喔了一聲，目光又定在青河的身上說：「青河，現在我們就一起坐火車回家了，你快去把行李給收拾一下。」

「我不回去…」他回答的簡潔又有力。

　　「你不回去是什麼意思？難道真的想在這裡一輩子當農夫搞這些嗎？」一股惱火於孫玟萱背部點燃。

　　青河一臉嚴肅的回她：「我在這裏已經找到工作了，不需要非得考上大學不可，而且看著這些農作物生長最後變成食物，比讀書有趣、也有意義多了。」

　　「妳兒子的手藝很好～妳看看妳身後那些稻草人，都是他綁的很有天分。」金婆婆突然出聲說，孫玟萱隨便掃了一眼身後，嗤了一聲，又將目光惡惡的定在他們手中的稻草人身上。

　　聽金婆婆的稱讚，青河謙虛的笑了，轉眼對媽媽說：「我不想再每天都待在暗無天日的補習班，和上百個人擠在一間教室補習了，每天放學回家時，天都黑了。」

　　孫玟萱急了，將他的身子扳過來抓住他的雙臂，肯定的說：「青河你聽媽說，媽媽可以確定，你只要繼續努力讀下去，就一定考得上大學，甚至於研究所的，媽可以跟你保證。」

　　「然後呢？」他挑起一邊的眉頭。

　　「什麼然後？」

「考上了…然後呢？」他甩開媽媽，繼續埋頭做他的稻草人，把報紙和稻草塞進防水布仔細包好後，再穿上舊衣服。金婆婆則在一旁，將一條條的黑線縫在一顆稻草人的頭上當頭髮。

「考上了就能找到一個像樣的工作…」孫玟萱已經對他手上的愚蠢稻草人工作漸漸失去了耐心：「難不成你一輩子都要和這些垃圾為伍嗎？」她已經變成怒吼。

青河也火氣上升的大叫反駁她：「這些才不是垃圾！」

金婆婆掃了孫玟萱一眼。

她氣得長臂一振，暴跳如雷的將青河工作台上的稻草人和材料，全掃於地面：「這些不是垃圾不然是什麼？做這些是能有什麼前途蛤？你告訴我有什麼意義？人生不是你想要做什麼就做什麼的？這些能養得飽你嗎？別說養不飽你，連你想要結婚生子都不可能。」

金婆婆訝然的睜視著被她掃得一地、壞掉的稻草和半成品。

　　青河瞪著地上的稻草人，雙拳緊緊攥得節骨分明，緩緩的瞪向孫玟萱，憤恨的自齒縫間吐出話：「妳知道嗎？不論我做什麼？都會被妳視為垃圾看待，不論我的畫、我的工藝作品。所以我現在終於明白，妳認為妳的兒子，就是個不折不扣的垃圾──」

　　他將稻草人的手臂狠狠甩到孫玟萱的胸口，就頭也不回的跑開了。

　　孫玟萱一愣：「青河！回來，媽不是那個意思，媽從來也不曾那麼想過你，青河。」兒子爛透的腦漿、兒子破碎的臉，身子頓時如落三尺寒洞的冰冷，她是不是一直在犯同樣的錯誤？讓兒子在往那個惡夢的結果走去呢？

　　這時一個人突然從旁橫了過來擋住孫玟萱的去路，孫玟萱滯住，這擋住她的年輕女子是誰？怎麼感覺有些面熟？是美絹嗎？怎麼那張臉和昨天的又不太一樣了？但年紀卻沒有像青河一樣變小。

　　此時女子對她比了一些手語「伯母，您就別再逼青河了，青河已經因為妳太過嚴格而…」

　　孫玟萱不由分說的揚起手就往美絹的臉上摑去！美絹被打的倒地。

這女人果然是美絹！青河生命裏最大的障礙物,。

「閃開,妳離我家青河越遠越好,妳這礙事的廢物窮酸貨,別再纏著我們家的青河管我們家的事。」

孫玟萱逕直的繞過她,追向青河。

第 3 章

頒獎典禮

「青河──」孫玟萱看到他跑進活動中心裡。

就在她要跟過去時，一個人影側飛進來擋住了她的去路。孫玟萱被嚇得緊急剎車，愣愣的看著擋住她的陶蒂蒂。陶蒂蒂先是一陣惹人厭的吱嘎亂笑，隨後像隻潑猴般手腳動個沒完，臉上已經戴上那張酷似麥克傑克森的面具。

孫玟萱不耐煩的本想要繞過她，但想起昨晚的事，於是耐心的對她說：「蒂蒂，妳要小心昨天來找妳的那些親戚，他們雖然已經死了三個，但還有兩個人為了妳的財產，很有可能隨時回去殺妳。」

「蛤？我不和死人玩遊戲…我不喜歡死人的遊戲…」她再次開始無止無盡的把弄著兩隻義肢：「妳要玩手手還是不玩手手？要玩？不玩？要嘛？不要嘛？」

她邊說就邊一溜煙的跑進了活動中心裏去了。

「喂…」孫玟萱叫不住她，同時也明白警告她似乎沒有用，她的世界好像已經全然崩潰了，昨晚打倒那些可怕的親戚，可能只是出於本能而已。

她究竟是發生過什麼事？

孫玟萱也跟著進入了活動中心，裡面站滿了學生，他們以方格的方式，成排成排的整齊列隊的站在中心廣場上，好像在參加升旗典禮。

看著學生們，孫玟萱反倒有些愣，自從來到這個村鎮，杳無人跡一直是她的第一印象，現在人反而多了起來，讓她不知要從何找起？

她小心謹慎的延著廣場後面的牆壁尋找青河的身影，畢竟青河不是這裡的學生，總不可能坐在廣場裏和他們一起升旗吧？

就在孫玟萱這麼想時，講台上突然傳來：「現在頒發的是參加本屆全國美展，得到水彩畫組第一名的同學，蘇青河。」

聽到那名字，孫玟萱整個人滯住了！

「我們請蘇青河同學到講台上來接受校長的表揚。」

孫玟萱望眼欲穿的瞪目看向講台上的青河，真的是他！可是怎麼會是他？他國三並不是就讀這個學校啊！但思緒回到青河國三時，他的確在那個時期得過一次那樣的大獎，回到家還跟她吵著要高中要讀美術

班，因為他的笨蛋老師也那樣的慫恿他和支持他，說他很有畫畫天分。

　　那次孫玟萱簡直和兒子吵到不可開交，更氣他的級任老師自作主張鼓勵青河放棄他已經辛苦準備了三年的學業，在國三就要參加大考之際竟要他放棄考大學之路，根本就是拿他們先前投資下去的補習費在開玩笑！

　　當青河以為全國美展第一名的獎狀，能夠為他走向美術一途得到加持，而興沖沖的拿到孫玟萱面前要求從此不想再繼續去補習，想要改走別條路，去考美術班補強畫畫，獎狀卻被孫玟萱當著他的面給撕成兩半，狠狠打碎他不切實際的幻想。

　　她彷彿從當時撕掉獎狀的裂縫中，看到了現在站在台上、笑容無比燦爛的兒子，嗡嗡作響的焦慮，炸毛般的直擊她的腦門。

　　「啊孫老師？妳來看妳兒子青河頒獎的嗎？」耳邊突然橫來一道熱絡不已的聲音，孫玟萱還來不及回神，男老師已經拉著她，向前方的來賓席走去，客氣的道：「來來來…這邊請坐。」

　　孫玟萱不好推辭只得連忙入座，就怕干擾了其大家的典禮，或引起更多人的注意，但她一入座，彷彿整個來賓席老師的目光都往她身上投注過來，各個都帶著尊敬的神情向她點頭打招呼，惹得孫玟萱很不好意思、更覺得心虛！

　　因為她根本就不知道青河有參加全國美術聯展，若是知道，她一定會想盡辦法阻止他，現在青河就不可能會站在講台上領獎了。

　　她向那些老師們點頭禮貌回應，感覺這些羨慕又尊敬的目光，均來自於講台上兒子手中拿到的那張獎狀。她還是第一次感受到兒子無限的榮耀與風采，這一瞬間，一股為兒子感到驕傲的熱血在她身體裡沸騰了起來，舞台上的兒子也看向她，似乎有盈盈淚光，含在他的眼眶裡。

　　孫玟萱卻沒被那道噙著淚水的目光給感動過久，想起母親那張被夢想折騰到窮途末路的臉，理性像一道冷流當頭澆下，她的笑容隨即消失於臉上。

　　這時舞台上傳來的一個名字，更是吸引孫玟萱的注意。

「恭喜陶蒂蒂得了全國歌唱大賽第一名。我們請陶蒂蒂為我們獻上她在大賽得獎的那首歌曲。」

陶蒂蒂！

孫玟萱差點沒有跳起來！她想起來了，青河在國中時也有一個女同學的名字好像也叫做陶蒂蒂，那時他們兩個人，還被譽為班上一對多才多藝的佳偶。只是她也記得那時的陶蒂蒂美得如出水芙蓉般的水靈，就像現在在講台上的一樣，不是這村鎮裡陶蒂蒂的恐怖模樣啊！

她又想起了一件讓她不太想去觸及的事。在那場可怕的惡夢中，青河要跳樓的前一天晚上，他去了他們國中同學的婚禮，回來後，那張臉比僵屍還要慘白，不知道是在同學會上受了什麼刺激？孫玟萱雖然有問青河，但他視她為空氣，逕直越過孫玟萱就進到房間裏去了。

這個鎮上的陶蒂蒂，會是青河的同學嗎？一個那麼美的女孩子，是怎麼會變成現在這副人不人、鬼不鬼的怪物啊？而且還瘋得不輕，跟她嫁的那個丈夫有關嗎？怎麼看都不是同一個人才對。

但看青河在豪宅裡護著陶蒂蒂的模樣，兩人應該早就認識了，當時在陶蒂蒂的豪宅時青河說，陶蒂蒂是他們的鄰居。

伴著陶蒂蒂在舞台上銀鈴般的歌聲，孫玫萱匪夷所思的揣測著在她身上發生的事情？

典禮終於結束，一哄而散的人群裡，就在孫玫萱擔憂又找不著青河的身影時，他卻慢條斯理的來到她的面前，手上拿著的是那張獎狀，小心翼翼的看著母親。孫玫萱也發愣的看著他，看這回變成國中生的兒子，好懷念、又覺得很陌生。

青河隱約感受到孫玫萱不悅，他的確沒讓她知道，就去參加了全國美術展的大賽。他低著頭，喪氣如同潮水般向他四面湧來，有種呼吸困難的感覺。

媽媽並沒有因為他剛剛站在講台上領這大獎而感到驕傲。

他連忙打破沈靜搶先說：「我肚子好餓…」

他不想再聽孫玫萱無情的數落他，更不想聽她告訴他，他手中的那份驕傲多麼的不值錢，他只得拿肚子餓了來搪塞她即將要批評的任何話。

聽到兒子喊肚子餓，孫玟萱自雜亂的思緒抽拔出來：「我們去吃飯吧。」

她想起在山腰間，好像有一間麵店，於是母子兩便一路默默無語的往那裏走去。青河走在她前面，她訝異的看著兒子纖長的背影，那肩頭原來一直都比自己所想像的還要瘦弱多了，和她期盼中能夠擁有一個強壯體魄的兒子完全不符合。

他的軟弱和優柔寡斷到底是像誰？他的父親也不是這樣的一個人吶？

麵館十分的乾淨整潔，青河雖然喊肚子餓，卻對眼前熱騰騰的湯麵一點興趣也沒有，一口都沒吃，獎狀被他緊緊的挾在胸前，垂喪著一張臉。

「不是肚子餓了嗎？把獎狀給我，快點吃吧！」孫玟萱忍不住的催他，還伸手要拿他懷中的獎狀。

但青河卻激動搖頭，還把懷中獎狀給抱得更緊：「我才不要把獎狀給妳，妳是不是想要將它給撕掉？」

孫玟萱滯住的看著被他如寶貝般抱在懷中的獎狀幾乎被他給揉皺，在他面前殘暴冷血撕掉獎狀的畫面突然跳了出來，她心頭不覺扯動了一下。

第4章

錢才是王道

撕掉那張全國美術大賽獎狀一事，她也覺得自己真的是做得太過分了。

但只要一想起那張獎狀會引導青河走向虛幻一途，就像他愚蠢的外婆一樣，年少時被一道不起眼的光環給籠罩過後，反而躲在那光環背後，窩囊打混一輩子卻怎樣都無法再發光發熱，直到最後都站不起來，讓人一輩子瞧不起。

「你還記得你外婆嗎？」孫玟萱叨叨唸唸又想提起那件事。

「我記得，我知道，妳已經講了不只上萬遍了，別再說了。」青河眸底全是慍怒。

孫玟萱倒吸一氣：「我不是不喜歡你畫畫，但那不能成為你的職業，畫家通常都是窮途潦倒的，很多死掉之後畫才開始受到肯定，就像凡谷啊！你可以在有份正當的職業後，再兼職畫畫，當成副業。」

青河卻反駁：「我都已經拿到第一名的大獎，那還不受到肯定嗎？」

「那麼你看看你外婆呢？她不也拿過第一名大獎，後來又如何呢？她的才華只在彈指之間罷了，一個獎只代表少數人讚同，不能代表大家都喜歡、大家

都肯買她的帳。人類的世界就是金錢主義，你的畫若是不賣錢，那就代表沒有得到世人的肯定，什麼都不用玩了。」

青河突然自椅子上蹭了起來，站在桌旁瞪視著孫玟萱：「妳一定要開口閉口都是錢嗎？」他臉頰隱見齒骨咬闔的蠕動，眼眸裡滿是恨。

「我是在告訴你現實的情況，這社會就只會用錢認定每個人的價值！青河…」她溫柔的握住了他的手：「媽都是為了你著想，你現在這個階段就是讀書、考試，什麼都不要想那麼多，畫畫的事等你有了自己的事業之後再慢慢畫也不遲啊！」

青河向後退了一步，然後轉身又要走了。

孫玟萱急得叫住他：「你又要去哪裡？」

「妳不是叫我去讀書什麼都不用想嗎？我這就要去補習班了不是嗎？」他一說完，就打開麵館的門跑了出去。

「補習班？」孫玟萱卻有些錯亂，這個小鎮上，應該沒有他的補習班才對吧？

她起身追上：「喂青河，等等媽…媽先帶你回家，補習班不在這個鎮上。」

「妳從來就不了解我，我要去找蒂蒂，她和我一樣得到大獎，她明白我的驕傲在哪裡？」青河站在一棟矮房子轉角對她大喊，隨後轉身就走。

該死！看兒子又跑得無影無蹤，孫玟萱一陣咒罵。孩子長大了，不管是思想或腳步，都完全跟不上他了。

孫玟萱延著崎嶇的山路走下坡，卻完全不見青河的人影，他怎麼可能會一溜煙就不見了呢？重點是，他為何一直在躲她？為何總是說不到兩句話，就那麼任性的跑掉？真是越來越不像話了。

但他說要去找陶蒂蒂，為何會延著山路往下跑？

在一半山腰的平台上，她聽到有男孩子的呦喝聲，她繞過一棟平房後，看到一個偌大的運動場，場上有許多穿著少棒制服的男孩，在那裡打棒球。

球被擊中，在空中發出咚得一聲脆響，男孩們因為那記全壘打激動的又吼又叫，跑回本壘的打手，被他的兄弟們熱情的擁抱成一團。

孫玟萱感受到那群年輕人的活力，情不自禁的因為他們的喜悅而笑了起來。

她不覺得想自己到底有多久沒有笑過了？這一笑連緊繃的肩頭都在此時放鬆了下來，她的緊張兮兮是不是傳染給青河了？才會讓他一見到她就逃。她好像也不曾看青河有這樣打成一片的朋友，他是個即孤僻又沈默的孩子，滿腦子只想畫畫。

她問一個向休息區方向走來喝水的男孩：「請問你剛剛有看到一個高高瘦瘦、穿著制服的男孩從這裏走過去嗎？」孫玟萱看他一臉茫然，連忙補充：「對了，他手裏還拿著一張獎狀。」

她本來不想提那張獎狀的，畢竟也不是什麼值得炫耀的事？但不知道為什麼？她提的時候，下巴抬得高高的，覺得有一股不想承認的驕傲湧上。

「啊！妳指的是青河嗎？妳是青河的媽媽嗎？」男孩天真的問她，臉上被曬成咖啡色的皮膚，在陽光下還會發亮哩。

孫玟萱詫異這男孩原來認識青河啊！有些不好意思的說：「是啊，我是青河的媽媽，剛剛他有經過這裡嗎？」

「有啊！」棒球場上的男孩，此時全都走了回來，那場球賽好像已經結束了，不然就是中場休息。其中一個男孩搶著回答孫玟萱：「他剛剛經過這裡時，臉上全是苦瓜。」

另一個男生插嘴：「奇怪吶？他剛剛不是才上台領獎，拿到全國美展第一名，還那麼不高興？」

「不是，不管遇到什麼事，青河總是一臉苦瓜好嗎？」男孩質疑的又道：「我好像沒見過青河笑咧？不知道他怎麼總是心事重重的不快樂？也不喜歡和我們一起玩。」

他們對青河的描述，不禁讓孫玟萱的心頓時一沈，原來青河在學校裡，也總是一臉愁眉不展、給人苦瓜臉的陰鬱印象嗎？

「伯母，青河往山下走去了，他說他要去補習班，不去的話，他說伯母會抓狂啦，他還說因為伯母很愛錢，只要青河讀很多書把試考好，不許畫畫、交女朋友和出去玩，以後才會出人頭地賺很多錢。」

男孩不諱言的嘻嘻哈哈替青河說出心裏的話，雖是童言無忌，但孫玟萱卻臉騰得羞愧了起來，身子都

僵成木棒，尷尬得有些無地自容，隨便說了聲謝謝後，就快速的扭頭離開了。

青河說她很愛錢？他在同學的面前都是那樣說自己的母親的嗎？認為她是個向錢看的勢利鬼嗎？

那張血跡斑斑的遺書不就寫著：我為何這麼不幸才會當上你們的兒子？來生別再相遇了，你們這兩個勢利的白痴混蛋，不如一起下地獄吧。

孫玟萱突然覺得兩腿一軟，頭也一陣暈眩，她連忙靠到一棟平房的牆面上休息。

那些男孩燦爛的笑容，好陽光好快樂健康！

從什麼時候開始，她就沒在青河的臉上，看過那樣的笑容了？是不是她奪走了那孩子天真無邪的笑容的？

她全身停不住的打顫。那個惡夢是不是在警告她，再讓青河這麼鬱鬱寡歡下去，他必定會走上跳樓自殺一途？

他還在襁褓時，在他房間環繞貼滿的那些小行星，無非就是要他有與眾不同的表現，好得到親朋好友對她這個母親的稱羨。結果，他從小到大，她想從兒子

那兒得到的優越感,不是就在剛剛他站在舞台上時,全然往她身上投注而來了嗎?

這究竟是怎麼一回事?孫玟萱有些打擊的拖著沈重的腳步,難不成她的價值觀真的錯了嗎?

突然有人拍她的肩,她喜上眉梢以為是青河,結果回頭一看,一個陌生的年輕女子乍然站在她身後。女子以沒有聲音的唇語對她說:伯母,別再追青河了,我們回家吧!

孫玟萱心愕然一提,這女子…該不會又是美絹吧?她怎麼又換了一張陌生的臉孔?而且怎麼那麼不死心的陰魂不散吶?

孫玟萱怒不可當吼道:「妳這女人到底要怎樣才肯放過我們家的青河?妳到底想要怎樣?」

美絹急得又開始比劃她看都看不懂的手語,她憤憤的甩開美絹抓住她的手,頭也不回的繼續往山下走找青河。

此時撲天蓋地的警報聲,突然當頭罩下,鈴聲之大,震得孫玟萱一顆心都要從嘴裡吐出來了。孫玟萱駭然的看向四周,又仰頭看著天空,詭異的是這麼大的警報聲,卻沒有驚起半隻鳥自樹叢裡飛起;原本走

在路上的人們，也沒有半個人因此緊張躲到屋子裏，行動反而瞬間變得更加緩慢了起來。

天邊如彩霞不小心被打翻，染了一地嫣紅。又是這個時刻，天要黑了的警報聲！想起昨天凌晨遇到的怪異場景，那些路人不慌，她倒是慌了起來。這不是才剛天亮沒多久，怎麼那麼快又天黑了？她實在不想再遇到那樣恐怖的事情。

但青河又不見了，該怎麼辦？她今天竟忘了去問金婆婆他租屋處在哪？

急著找兒子的腎上腺素讓孫玟萱的腿不再發軟，連忙往山下跑著，說不定青河已經回去小木屋裡了。這要跑回金婆婆的小木屋，還有一段路。警報還在震天響，響得她心慌意亂的去撞著了一個自小徑走出來的年輕人肩頭。

唉啊！孫玟萱痛得掩鼻，淚都流了出來。那年輕人穿西裝打領帶，竟被她這一個婦人給撞得垂著頭跌坐在地上，他的領帶鬆脫到胸口，襯衫也半露在西裝褲外，一副很落魄的樣子。

「你沒事吧？」孫玟萱傾身問他，感覺很少在這村鎮看到 20 至 30 出頭的年輕人。

　　年輕人乍然抬頭，孫玟萱著實被那張臉給嚇得連退五步。

　　一張像人偶的面具！

　　這裡的人都流行戴面具嗎？此時，面具上一雙渾圓又呆滯的眼睛，卻對她眨啊眨！這麼看起來，眼睛又像是直接長在那張皮肉上的，不是面具。

　　不知道這年輕人究竟是什麼東西？

　　孫玟萱瞠目向後退了好幾步，他開始很堅難又慢吞吞自地上爬起身，然後十分執意的向孫玟萱走去，孫玟萱被他行如殭屍的模樣嚇得節節後退，但尋著他空洞的目光看去，才發現他的目標好像不是自己？

第 5 章

霧中

　　孫玟萱於是慢慢退離他的視線範圍，年輕人果然逕直的經過她的身旁，歪斜著身子往山路旁白色的低矮圍欄一直走。孫玟萱的心不禁提了起來，他看起來魂不守舍要到圍欄那裡做什麼？

　　他細微的聲音隨著風傳來：「不要離開我玉媄…我的公司倒了，不能再沒有妳啊！」

　　就在孫玟萱還未搞清狀況時，年輕人已經一頭向圍欄栽了下去。

　　孫玟萱驚聲尖叫！但已經來不及趕向前抓住他，那個人居然當著她的面跳下去了！孫玟萱不敢置信愣在原地。

　　這場景好讓她震撼，青河腦門摔成粉碎的臉又掛在她眼前，甩都甩不掉了……甩不掉…那不是真的……

　　天全面暗了下來，濃霧又掩了過來，她更慌了！像個瞎子在摸象走在迷霧中，一陣強風驀地吹散了擋在她前方的視線，一抹刺目的紅突然現身在霧裡，她愕然心驚的倒吸了一口氣，那是人嗎？她還未看清楚霧又聚攏了過來，她又再次失去了方向。

她小心謹慎的走在大霧之中，霧霍地如觸碰到聖物縱然消失無蹤，前方有個被打開的神龕，一個穿著大紅龍鳳褂裙、紅袍上繡有精美花紋的女人，坐於其中。

孫玟萱有些駭然直視著眼前的女子。

是個披著珠冠紅袍的古代新娘！她坐在已經斑駁脫落的土地公廟裡的一張古色古香柚木椅上，頭上覆著一條紅蓋頭不斷地飄啊飄，孫玟萱希望那紅蓋頭千萬別飄下來，她全身毛髮已悚然而立、疙瘩四起。

風突然吹開了她的頭蓋，她就知道會這樣！看到那張臉的瞬間，身子冷不防一怔向後退了好幾步。

新娘如雞蛋的慘白臉蛋上，爬滿縫合的亂七八糟的粗線，兩片如櫻的唇瓣，卻用參有金絲的絹線縫製的扭曲不能合上，露出參差不齊的下排牙齒。

那新娘……絕對…不是活人吧？它究竟發生什麼事了啊？

它坐的地方該不會是它的墓穴吧？目光定到新娘交叉放於膝上的雙手，不看還好，一看心涼到背脊，那雙手又乾又扭曲，還發著青紫的膚色，每根手指上都套滿了珠寶首飾。

　　孫玟萱準備拔腿就跑，她很怕新娘會突然起身向她撲來，就如剛剛的青年一樣，但四周的霧只圍著土地公廟散開，其它地方仍一片霧茫茫。

　　這時，新娘櫻桃小嘴突然一開一合的泣訴：「爹，求你別把我嫁給李老爺做二房。」

　　孫玟萱瞪著眼前新娘，耳邊卻清楚的感受到它哈出每一句話的搔癢和冷氣，它在她耳邊低語嗎？孫玟萱寒毛倒豎猶豫著要不要側頭看向旁邊，新娘唇瓣上乾裂的金線和翹起來的皮，卻陡地跐在孫玟萱的臉頰上，她再也隱藏不住害怕尖聲大叫。

　　自新娘嘴裡吐出一口血，然後又是更大一口又黑又紫的黏稠物流得她整個胸口。

　　孫玟萱想逃腿卻軟得一點力氣都沒有，新娘竟已站在她前方不到兩步的距離，孫玟萱不管腿有軟都決定矛起來逃跑時，兩臂赫然一陣刺痛，孫玟萱低頭一晾，兩隻淡紫色的枯爪已抱住她，在她身後低著頭詭譎的說：「我…我…不要喝毒酒…妳能幫我喝嗎？」

　　「我不能幫妳喝毒酒…我還要找兒子…」

　　「幫我…幫我喝…我不要死……」

　　它才一說完就猛得抬頭對著孫玟萱一陣激烈的咳嗽，嘴裡還不死心的叫著：「幫我…幫我喝…」血噴得孫玟萱滿臉，孫玟萱失聲尖叫的甩開她，拼了命的往前跑。

　　腿軟得跌跌撞撞還是不得不催促自己往前跑，完全分不清方向，只知道太靠近左邊可能會掉進山崖，更怕那恐怖的新娘還追在身後，她只能靠右邊疾跑下山，回頭身後早已被那片濃厚的大霧給吞沒，沒有任何紅色的影子跟來。

　　情緒還是很緊繃卻乍然停下腳步，前面好像有車子自霧裏駛來的聲音，還在質疑時一部公車果然就在她眼前停下。孫玟萱上氣不接下氣的看著就停在她前方不到幾咫的公車，剛剛若是沒有警覺的停下來，是不是就要被這輛公車給直接輾過去了啊？

　　眼角餘光不知道又去掃到了什麼東西？她悚然的屏住呼息看向遠方，濃霧裡感覺又有什麼東西在隱隱騷動？還在慢慢的向她走來。孫玟萱的心再次吊了起來，這次出現的又會是什麼東西啊？

　　物體的輪廓越來越明顯，但穿破雲霧的是一大群人的腳步聲。然後那些少棒隊男孩的身影，慢慢地自濃霧裡顯現形體來。

寄偶鎮II

　　原來是他們？孫玟萱頓時鬆了一口氣，這回終於見到正常的人了，他們是不是要坐公車回家了？不如請他們順路載她到金婆婆家好了。

　　她連忙伸出手向他們打招呼，卻隱約覺得很不對勁。

第6章

明天火車不會開

少棒隊終於來到她眼前，看著他們孫玟萱卻慢慢的向後退，原本打算搭他們順風車的念頭，跟著看清他們自霧中顯現出的模樣而瞬間煙消雲散。

剛剛在棒球場上活力四射的男孩們，怎麼全變成慘白、兩眼空洞、神情呆滯……各個戴著一副詭異的面具！這到底是怎麼一回事？為什麼鎮上的人到了夜晚，都要戴上那樣刻板的面具行走？

少棒隊的男孩們開始若無其事的一個接著一個上了公車，就和真的人一樣。

就在孫玟萱縮在山壁下想不透原因時，一道響徹雲霄的尖銳煞車聲。一路從公車的後方殺來，載滿砂石的砂石車失控地攔腰撞上已載滿少棒隊的公車，公車被那猛然的力道，給撞得往前拖行 40 公尺，磨擦的地面噴出一道金亮的火花！

車上的砂石如湧來的巨浪，撲天蓋地的撒向天際成了砂石雨淋下，像一顆顆炸開的子彈，孫玟萱連忙縮起身子躲避飛來的砂子，但它們打在身上時卻一點感覺也沒有的詭異！

砂石車把公車推平在山壁後才終於停下來。

然後，一切又歸於可怕的死寂，大地上除了無聲無息、繼續飄動山霧，世界好像真的被停止了。

孫玟萱瞠目結舌的瞪著眼前的慘狀，發生這麼嚴重的車禍，她卻毫髮未傷。

良心催促她應該要向前查看公車上孩子們的情況，公車已經開始起火了！但理智卻讓她一點也不想靠近那撞得一團混亂的地方，她已經分不清什麼才是真實，什麼才是虛幻的？因為剛剛上車的男孩們，根本不太像是人。

那會是什麼？她慢慢的向後退離車禍現場，她決定當作什麼也沒看見的離開，她也正在那麼做，還加快速度的跑了起來，跑了一段距離，她終於還是忍不住的回頭往後看，濃霧又煙沒了車禍現場，那裡宛如什麼事也沒有發生過。

快走吧！免得夜長夢多，她轉身要繼續走，卻發出一聲恐怖的尖叫！一個穿著土黃色軍服、頭戴軍帽的日本士兵，動也不動的站在她的面前。她不敢置信的瞪著士兵帽子上那顆紅得刺目的太陽，她慢慢向後退，尚存的理智告訴她，這應該也不是人，他一定是二戰時期留在這兒打戰的日本軍人，他的臉上也戴著一副槁木死灰的人偶面具，只是面具上卻鮮明的有一

道又長又深慘不忍睹的口子，由左眼臉一路延伸到下巴，滲著黑黑的血。

孫玟萱身子一顫，所以她一路上看到的，都是死在這片山裡的人？

那麼…金婆婆家裏穿著軍服的兒子，他又是什麼？孫玟萱搖頭想甩開金婆婆兒子是鬼的迷思，那個兒子可是和她說過話，還曾一起烤過菘茸大餐吃，不是嗎？而且那些少棒隊的男孩…他們絕對不是死人，他們剛剛明明就活生生的在那棒球場上打棒球的啊！

一個念頭突然自天外飛來：那是金婆婆的丈夫，不是她兒子！

孫玟萱不住的直發抖，她不會是跟死人一起烤肉吃嗎？霍然又想起陶蒂蒂不經意說的話：我不和死人聚會的…

她那時候的瘋言瘋語，怎麼現在想起來，真實的讓人毛骨悚然？

所以，這個村鎮到底誰才是活人？誰是死人？還好烤肉時吃的只有松茸，沒有肉。

眼前的軍人用死不冥目的眼神直瞪著孫玟萱看，她再也忍無可忍的轉身就跑。沒想到這時，一排又一排更多的士兵，像被操作不良的師父控制的四肢有些不協調，十分沈默的延著山路向她前進而來，沈重的步伐踏得半邊山林都在震動。

整個山頭全都是士兵？身後的霧驟散，十個二十個…成排成排的士兵全冒了出來，各個低著頭，突然並例行軍於整個山路上。她整個身子都已經緊貼於山壁上無路可逃，更恨不能攀岩走壁，讓路給這些鬼離開。

孫玟萱全身冒冷汗，士兵意無反顧的往前走，力量龐大,孫玟萱幾乎無可選擇的被他們給推著往前走。他們的身上還發著一股難以忍受的腐爛味，就如儲藏室老鼠死亡多日趨之不去的惡臭。

最恐怖的是不知道他們究竟要去哪裡？該不會被他們一起帶到地獄！

越想越可怕！孫玟萱卻怎麼也掙脫不了他們擠出一條逃生的路。

一隻手突然拉住了她的手臂，然後一道強而有力的力量將她一扯，她硬生的被扯出了成群的士兵潮，

可怕的腐爛味倏地不見，她終於回到了荒涼的山路小徑上，低頭訝然的看著嬌小無比的金婆婆，她手裏提著一盞發著金光的燈籠，抬著頭，目光微慍的瞪著孫玟萱。

「不是告訴過妳不要亂跑？」話音未全落，金婆婆已轉身自顧自的往前走下山。

孫玟萱連忙緊跟在她身後，聲音都還在發抖，問她：「那些日本兵是怎麼一回事？」。

「妳看不出是怎麼一回事嗎？這座山林是他們的家。」金婆婆沒再搭理她越走越遠，她的步伐總是出奇的快。

孫玟萱愣了一下才連忙快步的跟上，駭然瞭望遠方剛剛被金婆婆從中抓出的隊伍，已經往更深的山林裏走去，很快就被伸手不見五指的漆黑給吞沒的不見蹤影。她心有餘悸的想剛剛若是沒有金婆婆，到底會被他們給帶到哪裏去？

「金婆婆，您能告訴我青河租屋處在哪嗎？明天我要帶我兒子回家。」孫玟萱迫切不已的問她，她怕像今天一樣錯過了時機又忘了問。

她不能再讓青河繼續待在這個詭異無比的地方，而且不知是不是她的錯覺？青河還一天比一天的在縮小，再這麼下去，青河最終會不會消失不見？

金婆婆霍地停了下來，孫玟萱差點沒去撞上她。她轉頭將燈給提得老高，燭火在她皺巴巴的臉上跳動，表情肅殺的對孫玟萱說：「明天火車不會開。」

不會開！不會開是什麼意思？

「火車為什麼明天不會開？電聯車每天都會開的，而且它也有通到這個天鶴鎮。」孫玟萱提高音調，有點反駁她的意味，這個金婆婆一定已經很久都沒離開過這個鄉鎮了，應該是個井底之蛙。

沒想，金婆婆意味深長的盯著她說：「我指的是，妳的那班車還不會開。」

第 7 章

小男孩

寄偶鎮 II

　　有孩子玩耍時的笑聲，縈繞在孫玟萱的耳邊。她看到了青河在公園裡和小朋友們一起玩溜滑梯的天真無邪模樣。

　　那自然燦爛、如陽光的笑容是什麼時候開始變得黯淡，甚至於消失不見的？

　　誰將他臉上的陽光給遮住的？是誰啊？

　　青河忽然猛得轉頭看向她這裡，那張臉竟倏地變成灰暗蒼涼的研究生，孫玟萱被那張臉給懾得心一緊，然後臉又迅速變成高中時的鬱鬱寡歡，然後是國中時期的怒意橫生……臉最後如霓虹燈般無可控制的快速更換，讓孫玟萱看得目不暇給的頭昏，但全是兒子沒有笑容的表情。

　　孫玟萱驚醒的自床上蹭坐而起，頭如被金箍給箍制住般疼痛欲裂，兒子千變萬化的表情依然在她的腦海裏更換，尤其那雙充滿憤恨瞪過來的眼神，更是揮之不去。

　　突然有個人影向床邊撲了過來，孫玟萱訝然的看著一個小男孩趴在她的膝蓋上，小男孩嬌嫩白皙的小手上拿著一張色彩豔麗的圖，在孫玟萱的面前揮舞大

喊道:「媽，妳看這是我畫的，老師說我畫的是全班最漂亮的，他要貼在佈告欄上。」

孫玟萱完全被那張又粉又膨的小臉給吸住，許久才認出，我的青河，我最可愛的青河！怎麼變成幼稚園時的模樣了？

無暇多想，光看到兒子惹人憐愛的樣子，她已經忍不住一把將他給抱入懷裏，將下巴抵在他小小的腦袋瓜上，吸著他還藏有嬰兒奶味的髮香。

她目光轉到他一直要她看的圖畫上，想都沒想的便稱讚他道：「青河好棒，每次都畫得好棒。」

青河高興得眼睛都瞇成了兩道橋，驕傲無比的自顧自的點點頭：「我長大要當畫家。」

孫玟萱卻被自己對兒子的讚許給僵住！

她竟在誇耀兒子的畫！為何兒子在這個階段時，她能夠毫不猶豫的稱讚他、鼓勵他？從不覺得他愛畫畫有什麼不對啊？

從什麼階段開始，她對他的藝術天分有了無法自拔的罪惡感？甚至於用強烈的手段阻止兒子繼續作畫，讓兒子因此深陷痛苦的深淵之中，讓他不得不拋

棄自己的才華和興趣，逼他去走讓他痛不欲生的升學
之路。

　　此時小青河臉上的笑臉，讓她恍然大悟，原來讚
美和肯定孩子，並沒有想像中的那麼難。

　　是她！

　　是她的固執己見，把兒子的肩膀和頭，壓得再也
舉不起來；臉上的陽光也是她把他奪走的，她究竟在
搞什麼？畫畫是他的驕傲，他的才華，曾經讓她在親
朋好友面前傲視群倫過，但是，她居然故意視若無睹
的催毀了一切，把兒子自他爬上去的高台狠狠拉下來，
還一把將他給推入地獄裡。

　　她將懷裏兒子抱得好緊好緊，深怕會再次失去他，
甚至於想將他摟進自己的身體裡，讓他重新來過，讓
他再次自她的子宮裏生出。她會記得如何保住他臉上
的笑容，不會再讓它輕易的消失不見了。

　　「媽！好痛，放開啦！」小青河掙脫媽媽勒緊的
手臂，孫玟萱回神放手後，他卻還不想自媽媽的懷裏
離開，撒嬌的依然黏在孫玟萱的膝上，拿起撒在床邊
的蠟筆和紙，要媽媽帶著他一起畫畫。

　　孫玟萱怎麼也捨不得拒絕他，便握著他小小的手在紙上作畫。畫著畫著鼻子一酸，眼淚不禁撲簌的流了下來，現在想想，他愛畫畫，也是在他這麼小的時候，她帶著他一筆一筆學來的，那時候對他的稱讚和鼓勵，卻成了他往後矛盾的惡夢。

　　小青河突然回頭睨著滿臉熱淚的媽媽，伸出小手撫去她臉上的淚痕，問：「媽媽是不是我這張畫得不好，所以妳很傷心？」

　　「不是…」孫玟萱哽咽的說。

　　但他的話卻更讓她心如刀割，往後的她都因為他越畫越好而傷心恐懼，她現在才明白，她把對自己母親失敗的恐慌，全加諸於這個無辜孩子的身上了。但其實並沒有人是失敗的，她母親至少為了自己的夢想，認真的活過，也在舞台上精彩過，反觀她呢？

　　她這一輩子，從沒想過自己喜歡的是什麼？身體裡，從來就沒有任何事激發感動過她的靈魂。為了報復自己的母親，還刻意選擇毫無風險、安穩無比的教職員工作；即使當初和老公談戀愛時，感情也平淡如水，兩人只是時間到了就一起結婚生子。

　　但除了青河，除了她這個唯一的兒子，在他出生的那一刻起，她才知道，原來生命可以是這麼的奧妙、充滿激情！

　　但是，那種對唯一兒子的熱愛，卻隨著他的成長，不得不和成人世界爭取世俗的地位、名譽、財富的虛榮心給吞沒了，望子成龍的欲望，害得兒子完全迷失了自我。

　　為何在看到稚幼的青河後，才會使她想起原本該珍惜的是什麼東西？在他這個階段，她明明就只希望兒子平安長大而且快樂就好，不是嗎？她怎麼會丟了自己的初衷走得那麼偏？而且還偏得那麼的離普？

　　「青河，媽媽錯了，媽媽對不起你，求你再給媽媽一次機會好不好？」她將頭埋在兒子的肩窩裡，哭得好傷心。

　　「媽媽不要哭，青河長大要當偉大的畫家，賺很多錢給媽媽。」他天真無比的順順孫玫萱的頭髮安慰她。

　　「媽媽不要青兒賺很多錢，媽媽只要青兒永永遠遠陪在媽媽身邊，好不好？」孫玫萱淚眼婆娑的說。

　　她發誓帶他回家後，她再也不逼他讀書、再也不逼他放棄自己的夢想、放棄他喜歡的工作和…美絹，只要他能夠健健康康的陪著她到老，那就是她這輩子最幸福的事了。

　　青河對媽媽的要求想都沒想的點頭說好，可愛的模樣讓孫玟萱破涕為笑。

　　這時兩個和青河差不多大小的孩子，衝進了他們的房裡。

　　「青河，要不要到我家去玩盪鞦韆啊？」孩子們真誠的邀請青河。

　　青河立即不假思索的一躍就跳下了床說好，只回頭對孫玟萱說了一句：「媽，我到他們家玩盪鞦韆囉～」

　　孫玟萱認出他們是在老街盡頭那戶有盪鞦韆人家的孩子。

　　不待孫玟萱來得及阻止他們，人居然一溜煙就和那些孩子跑了出去。

　　「青河別去…」孫玟萱覺得不對勁，因為每次只要青河一跑開，下次她再見到他時，他又會縮得更小。他現在的年齡好像是幼稚園，那麼再縮下去的話……

她得立刻馬上帶他回家，不能再拖延下去了。

孫玟萱跟著跳下床追了出去，但就如之前一樣，青河已經不見了人影。孫玟萱的心狠狠的揪了起來，有種掉入萬丈深淵的無助感。難不成，她已經失去了補償兒子的機會了嗎？

不行！她絕對不會放棄青河的。

天鶴山能夠幫妳帶回兒子…

這句廣告詞突然在孫玟萱的耳邊響起。

那句『幫我帶回我的兒子』是什麼意思？難不成，青河他…真的走了，那不是一場惡夢嗎？

一個越俎，孫玟萱跟蹌跌倒在地。

是夢！那絕對是場夢！

金婆婆！

她應該先到後院去把這裡發生的怪事好好向金婆婆詢問一遍，不然像之前那樣盲目的到處亂找青河，結果每次都一無所獲。

她轉身穿過屋子，匆匆經過櫃子時，不小心將一個木盒子給撞倒於地，盒子在地上發出很大的聲響，

但找子心切，孫玟萱無心理會落地的盒蓋上有一顆乾扁的大眼睛，便推開後門走了出去。

　　後院種了好多株的香蕉樹，孫玟萱掠過幾株香蕉葉後，便愣在原地看著前方在香蕉樹下工作的金婆婆，阿春嫂也在一旁幫忙，但她們手上的東西卻讓孫玟萱一陣反胃。

第 8 章

過逝的福壽伯

　　一個蒼白灰色的老人，被兩個老太婆放在木頭搭成的簡陋平台上。老人嘴巴微開，瞪得老大的雙眼，上眼翦有一道彎彎濕潤的粉紅色，感覺血隨時都要流下來了，直直瞪著突然出現的孫玟萱看。

　　更恐怖的是，老人半個身體，已經被金婆婆和阿春嫂給塞到一個肚子還未縫合的布偶裡，她們正在努力將另一半全部塞進去。

　　「妳們…在幹嘛？」孫玟萱被這前所未見的景象，嚇得結結巴巴！

　　兩人這時才發現孫玟萱，她們臉上均露出詭異到令人毛髮直豎的眼神，一同瞪著孫玟萱。

　　「那個盒子…」金婆婆呢呢喃喃的對阿春嫂說，眸裡充滿了警戒：「她好像把天窗給打開了。」

　　「妳們究竟想對那個老人做什麼？」孫玟萱眼神始終離不開躺在平台上的福壽伯，他的頭終於在她們努力之下，擠進了布偶中，有些稻草還跑了出來。

　　稻草人的頭，那不是稻草人，也不是布偶！

　　難不成，她每天晚上在鎮上看到四處亂竄的，都是這些人偶嗎？

　　而且那些可怕的人偶，竟然都是出自於金婆婆和阿春嫂之手！

　　這該不會是變態殺人事件？還是什麼恐怖的邪教儀式吧？

　　「別怕！」阿春嫂丟掉原本抓著的老人手臂，向孫玟萱走上一步，孫玟萱卻連忙後退一大步。

　　「別過來──」孫玟萱顫抖著音向她發出警告。

　　阿春嫂試著解釋：「還記得我告訴過妳，鎮上福壽伯過世的事嗎？」。

　　福壽伯過世？孫玟萱恍然一凜：「那不會是福壽伯的屍體吧？」

　　「沒錯！」金婆婆終於開口說話。

　　「為什麼要把死人的屍體放進人偶的身體裡？」孫玟萱緩緩向後退。

　　金婆婆陰鷙的瞪著孫玟萱說：「因為我們在保存死掉的親人，這是我們埋葬親人的方式。」

　　「埋葬親人的方式？」

「是的，寄偶鎮以前就是製作紙紮人和人偶盛名一時的產地。」

「那也不該把死掉的人放在人偶裡！妳們瘋了嗎？」孫玟萱還是不相信她的話：「福壽伯該不會是被妳們給殺死的吧？」

金婆婆爽朗笑道：「當然不是。我們都是依照死者家屬的託付，才會把屍體放入布偶的身體裡做成人偶。而且，死者身體，放入人偶裡的部分越多，白天醒來的人偶，就會越像生前活著時的模樣，因為被鎖住的靈魂越多，反之則會越呆滯。」

金婆婆侃侃的解釋製作過程，好像在介紹自家工廠販售的產品一樣的泰然。

「這些塞了屍體的人偶，白天還會爬起來？」孫玟萱驚悚的沒一根毛沒站立起來！

「別害怕，妳可以過來看我們怎麼做。」金婆婆十分認真的對她說。

孫玟萱幾乎尖叫轉身就跑。

她穿過木屋時，腳又去踢到剛剛被她撞倒在地的木盒子，她還差點沒被它給絆倒。木盒子上帶著血色

的恐怖大眼睛著實吸住了她的目光，她死死的打了一個冷顫，想起剛剛金婆婆呢呢喃喃對阿春嫂提的什麼木盒子和天窗，讓她忍不住的傾身將它給撿起打開。

裏面裝滿密密麻麻、乾乾扁扁的毛毛蟲黑色物體。它們一片片的彎成一個半圓，孫玟萱拾起一片放到眼前仔細看了又看，福壽伯骨碌碌瞪得老大的眼睛，在她眼前登時浮現，手一顫盒子炸毛的被她甩飛於地。

那是死人的眼皮！是那些死人被割下來的眼皮！

所以福壽伯眼臉上才會有兩道血色濕淋淋的傷痕。

難怪鎮上每個人的眼睛都出奇的大，原來有一部份的眼臉被割下來了。

孫玟萱失聲大叫的奪門而出逃進林子裏，但天空並沒有暗下來，她也沒有聽到警報聲，外面卻已經一片的濃霧。

金婆婆這時跟進了屋裡，她駭然的看著被孫玟萱撒得滿地的眼皮，目光肅殺的犀利無比。

孫玟萱呢呢喃喃的在霧裡橫衝直撞，口中恍惚的唸著：「快點找到青河離開這裡，快點找到他才行…」

　　她茫然的找著老街盡頭那戶發生過大火的人家，青河跑去那裡玩盪鞦韆了，雖然孫玟萱也不確定他還會不會乖乖待在那兒，該不會轉眼間又變得更小了？

　　這裡究竟是什麼地方？怎麼會這麼詭異？

　　想起那些行走於夜晚的人偶，原來它們裡面都裝著屍體，而且在白天她還和那些屍體有說有笑、吃烤肉和菸茸，胃一陣劇烈的抽搐，她終於忍不住的停下來在路旁乾嘔了起來。

　　連那個癌症男童也是嗎？她還幫他洗澡呢？他應該早就已經病死了。

　　整個村鎮的人全都是僵屍，而且控制著它們的人，居然就是金婆婆！她那麼做的目地是什麼？斂財？收集靈魂的邪教教主嗎？

　　霧裡突然傳來兇狠的打鬥聲，和男人的怒吼：「妳這蠢婦！成天在家閒閒沒事幹，飯還煮得這麼難吃？沖三小？」

　　女人尖叫：「不要打我，求求你，你是不是又喝醉了？」

「老子喝酒妳管得著嗎？我聽我媽說，妳又跑去雜貨店找阿祥了對不對？」

「我沒有！」

「沒有？」啪啪啪：「妳這賤婦還敢說沒有？」

「沒有沒有沒有！不要什麼都聽你媽的可以嗎？」

啪──更大一聲巴掌：「妳居然敢對我媽不孝？」

「放開，你究竟想要幹什麼？」一陣拳打腳踢的乒乓聲。

孫玟萱心駭的引領諦聽，這場景…她不是在森林裡的濃霧裡聽過嗎？她連忙循著吵架聲跑去，那面灌木牆不偏不移的就立在她眼前。

終於被她給找到！她大喜，匆促的繞過牆，口裏大喊著：「青河…青河…快出來跟媽媽回家。」

孫玟萱站在那戶人家的屋簷下時，就聽到女人的慘叫：「大家快跑啊！」

男人怒吼：「誰都不准出去──」

　　一道轟天巨響將整棟屋子給震得衝天，孫玟萱被震得撲倒於地，兇猛無比的大火緊跟著巨響炸開，火舌向天空不斷恐怖的竄升。孫玟萱愣在原地，這家子不論小孩和老人好像全都在房子裏，該不會沒有半個人跑出來，全家都被燒死了？

　　是那個喝醉的男主人引爆瓦斯，炸死全家的嗎？

　　難不成連青河也在裡面？她爬起身就想往火海裏跳進去，卻無耐火大得驚人，她怎麼都難以靠近。

　　絕望之餘，她衝到牆外面想求救。這時外面的世界不知何時已大放光明，沈重的濃霧已經被太陽給蒸發不見。

　　她看到穿著碎花裙的老婦人正牽著丈夫的手，來到老街的盡頭，兩人好像又要去車站等他們的女兒。孫玟萱一見鎮裡走動的人，不假思索的便退到一旁，暗忖著他們究竟是人，還是人偶僵屍？

　　兩個老夫婦好像也注意到了孫玟萱，看看她，然後又看看天空，阿昌伯語氣像個當機的機器人開口說：「我們要去公車站等我們的女兒回家。老伴，妳怎麼都不擦個口紅吶？」

　　阿昌伯轉身看跟在身後的老婆，兩人一搭一唱說的話，和第一天孫玟萱在車站聽到的幾乎一模一樣。

　　孫玟萱看向老太婆的雙眼，駭然發現老太婆也有著一雙和福壽伯一樣溼潤、骨碌的眼神，而且，她的老公竟然…也一樣，就像剛動過眼睛手術的病患一樣，空洞、潮溼。

　　全都沒有眼皮！想起眼前是兩具會行動的屍體，她幾乎精神崩潰的拔腿就跑。

第 9 章

妳有放不開的往生者嗎？

「青河，要不要去陶蒂蒂的家？她的家又大又漂亮呢，很好玩。」一個天真無邪的孩子聲音，突然自那棟原本被炸得轟天烈火的房子裡竄了出來。

孫玟萱聽到孩子的聲音，駭然的轉身看著剛剛失火的方向，竟然已一片的雲淡風輕，濃煙和火光全都不見了！

「火呢？剛剛燒得半片天通紅的大火怎麼不見了呢？」孫玟萱一臉茫然。

「那場火已經燒過了，不用怕。」

孫玟萱乍然回頭一個拿著柚木枴杖的矮小老人立在她身後，一股腐爛味還隱隱約約自老人身上由下往上竄來，就和昨晚日本士兵身上發出的味道一樣。

這老人也是死人嗎？

孫玟萱反感的立刻向後退了好幾步，老人卻對她的不禮貌泰然以對給了她一個微笑後即轉身走了。

孫玟萱不假思索的越過灌木牆再跑進那戶人家。兩個孩子竟依然快樂的在那兒盪鞦韆；兩個老人閒散的坐在屋簷下發呆，屋子裏再次傳出那對夫妻吵吵鬧鬧的聲音。

整個火災只剩下屋前那片被燒得面目全非的焦黑恐怖牆面。

孫玟萱對眼前的景象感到茫然無措，她快步的跑向盪鞦韆問那兩個孩子：「青河呢？他不是和你們…」

孫玟萱頓了一下，看著眼前的孩子，心臟差點沒嚇得跳出，他們也沒有眼皮！

孫玟萱倒退了一步。

『那場火是燒過的…』剛剛外頭老人的話，再次於耳邊響起。

所以，他們一家人，真的全都死在那場大火裡了…是嗎？

孫玟萱抖著音把想問的話問完：「青河呢？」

「他走了…」小孩繼續無憂無慮的盪著鞦韆，但孫玟萱還是忍不住的提醒自己他們是屍體。

「走了！」孫玟萱身子冷顫橫生：「走去哪了？」

這時圍牆外再次傳來孩子的吆喝聲：「青河，快點，一起去陶蒂蒂的家…」

　　孫玟萱聽到彷彿青河的回答:「好,我要去找陶蒂蒂。」

　　不行!別去陶蒂蒂的家。

　　想起在那棟豪宅裡發生的兇殺命案,孫玟萱簡直是一陣惶恐,那裡還有兩個喪心病狂的殺人狂,還住在那裡啊!

　　孫玟萱連忙轉身追青河,邊大喊:「青河,別去陶蒂蒂的家,青河,你有沒有聽到媽媽說的話啊?」

　　才轉出灌木牆,印入眼簾的是一把深藍色的傘,拿傘人聽到腳步聲後驀地回頭看孫玟萱,孫玟萱立即就認出那把傘的主人,阿義。

　　阿義突然自嘴裏發出可怕的怒罵,還歇斯底里的向孫玟萱衝來:「妳知道嗎?我的孩子沒有去河邊玩耍,所以她並沒有被水鬼給帶走⋯」

　　孫玟萱被他那張面目可憎的模樣嚇得加快腳步的往山上跑,索性阿義最後放下傘,垂頭喪氣的愣在原地沒有再追上來,孫玟萱鬆了一口氣,想起剛剛那傘下,也是一雙沒有眼翳的骨碌眼睛,心裏有股難以言喻的感傷。

　　她邊跑邊回頭看，後面卻赫然出現了更多的村民，他們宛如正常人那般穿梭在大街上，有的人買魚、有的人買菜、有的人看起來匆忙好像趕著去下個目的地，但天曉得他們究竟還能去哪裡？

　　一個穿著西裝的年輕人，自人來人往的街道一閃而過，孫玫萱駭然一凜，那個年輕人昨天傍晚就是當著她的面跳下崖的男子。

　　原本的質疑讓她更加肯定了！那些村民應該全是死人！全是被包在人偶裡的僵屍。不知道內幕的人，完全看不出他們是什麼東西？

　　青河會不會也被金婆婆給利用了，幫著他們製作那些可怕的人偶？

　　越往壞裡想，就越讓孫玫萱整顆心沈重得更加厲害，她會不會再也無法將青河帶離這個鬼地方了啊？

第 10 章

鋼琴上的女人

　　孫玟萱畏畏縮縮的再次踏進陶蒂蒂的豪宅，若非要找兒子，她是打死也不會再踏進發生過兇殺命案的屋子。她一陣左顧右盼，四下一個人影都沒有，連那天平躺在樓梯下方的三具屍體也不見蹤影。

　　青河和一群小孩往這裡跑來了，屋子裏不可能這麼安靜的啊！孩子們該不會與很愛玩捉迷藏的陶蒂蒂一起躲起來了？

　　就在孫玟萱想要走上樓梯時，愕然看到一個人倒臥在烏亮的鋼琴上。

　　是一個身材嫚妙的長髮女子，她一身黑衣，所以剛剛一進門才會沒有注意到烏漆八黑的鋼琴上有人。

　　不是！應該不是！孫玟萱剛剛鋼琴上一個人都沒有，是黑衣女子後來神不知鬼不覺出現在那兒的。

　　孫玟萱忍不住盯著女人的臉，她臉蛋亮麗無瑕，婀娜的身段被緊裹的黑色洋裝凸顯得更玲瓏有致，酥胸半露躺在鋼琴上一動也不動。

　　那個美麗的女人……不正是以前的那個陶蒂蒂嗎？

「妳是青河的同學陶蒂蒂嗎？」為了更加確定，孫玟萱向她走去，但隨著距離拉近，她的腳步卻霍地滯住！

在她眼前的絕對不是人！更加靠近後她更加確定那絕對不是一個人，而是一具巨大的芭比娃娃躺臥在鋼琴上。難不成陶蒂蒂也被殺了，也被金婆婆變成了娃娃？

一本雜誌平躺在鋼琴的椅子上，它封面抖大的寫著：名模陶蒂蒂在新婚夜和老公到屋頂親熱時，不幸墜樓。

婚禮！陶蒂蒂居然是名模啊！向來不看娛樂新聞的孫玟萱一片震驚。

孫玟萱想起來了，青河那晚去參加的同學婚禮，就是陶蒂蒂的婚禮！難怪他自婚禮回家後會變得那麼沮喪，因為他暗戀的對象結婚了，但新郎卻不是他。

那封遺書末端寫的文句，又再次於孫玟萱的腦中竄流了起來：

這世界是讓人那麼的絕望，不僅親情，即使是愛情，也是可鄙的謊言。

　　原來青河的真愛不是美絹，是陶蒂蒂啊！兩人從小就被喻為兩小無猜的青梅竹馬，結局卻是如此？這是青河傷心欲絕的原因嗎？是他因此絕望到跳下樓的原因對吧？不是因為她這個媽把他給逼到絕境的。

　　心境豁然釋懷了許多，但雖如此，胸口還是揪著疼了起來。青河根本沒事不是嗎？他跳樓只是她某天晚上作的一場惡夢而已。

　　雜誌旁還放了一台照相機，孫玟萱害怕驚動陶蒂蒂玩偶，小心翼翼的彎下腰拿走照相機，但人偶仍然一動也不動睜著炯炯有神的眼睛，直視著前方，讓她死死的打了一個冷顫。

　　怕人偶突然起身，孫玟萱不禁向後退了一步才好奇的打開照相機，裡面有許多陶蒂蒂婚禮當晚的照片啊！這攝影師的技術真是高超，把婚禮拍得即夢幻又幸福，只是誰都想不到，那晚甜美的婚禮之後，會發生這麼可怕的悲劇。

　　照片裡也出現了許多張卓明澔那群可怕家人的身影，在美不勝收的畫面裡，他們的神情各個依然各懷鬼胎的詭譎，最後一張照，卻讓孫玟萱一片懵懂？

　　那是青河的自拍，他以婚禮為背景，眼皮看起來好沈重，笑容卻燦爛無比，和他一起自拍的人，竟然是美絹，兩人看起來比後面那對新人還要登對甜蜜。

　　孫玟萱先前青河暗戀陶蒂蒂的想法，著實被這張照片給推翻了！

　　「他那個笑容是假的……」

　　孫玟萱詫異的看向聲音出處，一個年輕女子不知何時已然站在鋼琴後面。

　　「不好意思，請問妳剛剛說什麼笑容是假的？」孫玟萱不解她什麼意思？

　　「我說的是…青河臉上的笑容…是假的…」女人說的話，有些口齒不清的吱吱唔唔。

　　孫玟萱瞇起眼，懷疑起眼前女人的身份。

　　「請問妳是誰？」

　　但女人並沒有回答她的問話，繼續說：「在那場婚禮之前，我和青河其實已經有兩年多沒有…沒有見面了，那天的婚宴十分的…豪華，他卻特地約了我一同參加。」女人很艱難似的說完一長串的話。

　　「妳…該不會又是美絹吧?」孫玟萱的臉頓時厭惡到扭曲了起來。但她怎麼可能會是美絹,她不是不會說話?

　　「妳若是想更了解妳兒子在想什麼?就請妳繼續聽我說!」美絹一改她向來溫馴的個性,對孫玟萱不客氣的加重口氣。

　　孫玟萱縮了縮下巴,閉上嘴仔細的聆聽。

　　美絹吞吞口水,很怕有什麼事沒有交待清楚,努力的繼續說:「那晚,他跟我訴說了他這兩年來是如何拿著高學歷,在低層階級中找工作;如何受盡屈辱只為謀求社會和父母的一點肯定,但到頭來,還是一敗塗地。他已經有兩年無法好好的睡上一場覺,感到生不如死的痛苦…」

　　當晚,兩人在豪門婚宴的游泳池畔……

　　「我睡不著,再也睡不著,再強的安眠藥,也只是讓我昏倒而已,意識卻仍然清晰,那樣的睡眠品質一夜醒來頭更是昏沈到比宿醉還要暈,也因為如此,常在工作上犯錯而被老闆解僱。」

一陣靜默後，青河再次開口：「自從妳離開後，我從沒有一天忘記過妳…」青河垂頭掩面，若不是同學的婚禮，他完全不知找什麼藉口約她見面？

青河瘦弱寬敞的雙肩在顫抖，美絹十分的困惑也心痛，當初離開他，以為他母親會幫他積極找到一個更值得更健康的女孩愛他，但似乎並沒有。他說從沒一天忘記過她，是真心的嗎？

一群人突地向他們走來。

「啊！這不是我們的攝影師嗎？」青河和美絹驀地抬頭，原來是新郎和他的伴郎朋友們。

青河連忙斂起哀傷，擠出笑容面對他們：「卓大哥怎麼了，要拍照了嗎？」

美絹對於青河瞬間變化的表情，感到有些吃驚！心想他該不會常常用那副強顏歡笑面對人吧？

「還沒～你怎麼啦？怎麼臉色那麼差？」卓明澔問他，還快速的在青河身上打量了一番，鄙夷在卓明澔的臉上一閃而過，對這位穿著廉價西裝的老婆同窗，還來當他的婚禮攝影師有些不以為然。他多的是攝影界好手，怎麼偏要找上這個業餘的窮酸來，實在有失體面。

　　只是陶蒂蒂對於青河的美感向來深信不疑，才會堅持要青河來當崗此重任。卓明澔裂出一詭譎的冷笑，反正攝得好或不好，過了今晚之後也沒有差了。

　　向來感情纖細的青河，明白卓明澔打從心底瞧不起他，他縮了縮肩膀垂下頭說：「我沒事的，只是酒喝多了有些暈，坐一下便好…」

　　「哈哈…」卓明澔輕浮的大笑了起來：「怎麼酒量這麼弱啊？這樣不行啦！等會兒再去磨練個幾杯。對了，我聽蒂蒂說，你是某大研究所畢業的啊？」

　　青河心臟一顫，隱約感受到卓明澔接下來想要說的話。

第11章

階級之分

　　卓明澔果然悻悻的說:「那你怎麼在便利商店打工啊?碩士耶～不是應該進竹科或南科,當高科技公司的新貴嗎?」他毫不留情的就是要讓青河當眾無台階下。

　　一個伴郎撇撇嘴調侃的跟著應和:「若要在便利商店工作,國高中畢業就可何必辛苦讀那麼高?簡直就是在浪費時間和國家資源吶吧。」

　　一陣哄堂大笑。

　　另一個伴郎則替滿臉尷尬的青河吐槽回去:「你爸幫你買了好幾個外國名校文憑,結果你現在還不是成天在混吃等死?更浪費時間。」。

　　「起碼我不必像窮人一樣,浪費全部時間在升學考試那些搞死人的制度上,最後不也一樣在底層的爛工作上混吃等死,我現在怎麼說也是經理級的高階人員,領的可是百萬年薪喔～」

　　美絹想要站起來反抗他們,手卻被青河給牽住制止她。

　　見青河一副軟弱貌,新郎興頭更盛,自名牌皮夾裡抽出一張名片對青河說:「這是我和陶蒂蒂一起在國內開的藝術文創公司,這公司目前在徵打雜的小弟,

條件只要高中畢業的都可以勝任，你報我的名字就能馬上有個像樣的工作了。」

他得吋進尺的將那張遞給青河的名片咚地丟在地上，然後噗嗤一笑：「不好意思，手滑掉了，青河老弟，你自個兒撿一下吧！」

美絹再也忍無可忍，撿起那張名片，衝到卓明澔的面前當場把那張名片給撕成碎片，然後丟到新郎官的臉上。

卓明澔青筋四爆惱怒吼道：「妳這賤人，妳敢撕本少爺的名片？」

美絹更是憤怒的對他一陣的比手劃腳：你也不過是個含金湯匙的靠爸族，有什麼了不起的？

「原來是個死啞巴啊？」卓明澔舉起拳頭揮向她，被衝向前的青河給擋住，拳頭落在青河的臉上，瞪著卓明澔。

「瞪三小？」卓明澔再次舉起拳頭時，身後突地傳來一句怒喝：「夠了沒有？」

所有人回頭看向聲音出處。

「到底是發生了什麼事？」陶蒂蒂站在他們身後滿臉詫異的問。

卓明澔連忙放下拳頭向陶蒂蒂走去，順順自己油光閃閃的瀏海，溫柔的對陶蒂蒂說：「我啊好心沒好報，剛向妳的同窗青河介紹工作，他的啞巴女友就不分青紅皂白的把我給的名片給撕了，妳說氣不氣人？」

卓明澔再次甩甩額前的瀏海。陶蒂蒂疑惑的看向青河，她印象中的美絹不是卓明澔說的那種人，雖然她跟美絹也不熟，但青河口中的美絹是個溫柔又善良的女孩。

青河緊抿著唇不想多做解釋，拉著美絹便要離開。

「青河——」陶蒂蒂連忙叫住他，他停住了腳步。

「能談談嗎？」陶蒂蒂說。

青河蹙起了眉頭有些不願意，但嬌慣的陶蒂蒂堅持的拉住他的手，硬是往陽台走去。

兩人一起走向陽台，陶蒂蒂問他：「剛剛究竟發生了什麼事？」

青河把臉一撇，頹喪的說：「沒事，都過去了。」

一片沈默，陶蒂蒂說：「青河，你的才華實在不應該再待在超商工作，要不你…」若非青河個性總是畏縮缺乏男人味，她還真希望自己嫁的人是他。

「別再說了。」青河狠狠的打斷她的話。她和其他的人一樣，覺得他根本就沒有能耐可以靠自己找到一份像樣的工作，他們都在羞辱他，看他的笑話。只有美絹明白他的能耐，不會一直強迫他要一步登天。

青河剎時覺得自己對新娘子太兇，緩了緩語氣：「妳…不必擔心我，往後要和卓明澔過得幸福就好。」

雖然他對卓明澔那種人渣一點都不看好，但今晚是他們的新婚之夜，他也不便再說什麼。拍拍陶蒂蒂的肩膀，青河越過她走向外面等著他的美絹。

陶蒂蒂惋惜的看著他黯然神傷的背影，若是他能到她旗下的公司去當藝術總監，一定能夠游刃有餘的一展他的長才，他的創作總是讓人驚豔的，但為了升學，他有幾年沒有再創作了？

陶蒂蒂感到青河今晚的心情異常的低落，於是她決心等過幾天度蜜月回國，再找他談談，反正他家就在她家對面大廈而已。陶蒂蒂轉身去找她的新郎官，他正在吧台和一個女星嘻嘻哈哈的調情，看到陶蒂蒂

走來，卓明澔的姐夫連忙踢他的腳示警，起身在他的耳邊細聲說：「搞定她蛤，不然那些上門討債的惡棍，會讓我們死得很慘。」

美絹乍然回頭，卓明澔姐夫的唇語，全然印入她的眼裏。

＊　＊　＊　＊

思緒拉回天鶴鎮的陶蒂蒂豪宅裡，聽完女人孫玟萱茫無頭緒的盯著陌生的美絹，好不容易才出聲問：「妳是美絹？」

美絹低著頭不語，也沒有搖頭的否認。為了能和孫玟萱溝通，美絹努力的強迫自己找回隱藏了多年的聲音。

她的聲音，是在六歲時一次嚴重的父親家暴中失去的。當時她在家裏高興的跟著電視卡通裡的人物引吭高歌，卻因此吵到熟睡的父親，而遭來一頓淒慘的毒打，緊急送醫後她再也不想聽到自己的聲音，更失去了聽力。

孫玟萱深長的嘆了一口氣，沒想到，青河是那樣深情於美絹，不管經歷了多少次她這母親的阻撓，兒

子卻依然深愛著這個女子，她是不是低估了兒子細膩無比的情感？

「婚宴後的凌晨一點，他傳了一個求婚的訊息…給我…」

場面瞬間凝了起來，孫玟萱更是驚訝！著急想知道結果…

「我當下…就以妳會反對為理由，無…無情的拒絕了他。」眼淚自美絹的眼眶颼下，孫玟萱則如喪了氣的皮球身子感到一陣疲乏，不太想繼續聽下去。

「當時我…若是沒有拒絕他…」再多的懊悔和早知道，都無法挽回已經發生的悲劇。美絹扭頭哭著跑出了豪宅大廳，獨留孫玟萱還在那個冷清清的豪宅裡，再次深陷那天惡夢中的早晨……

第12章

You jump I jump.

　　兒子又是繃著一張憔悴無比的臉在吃著早餐，永遠都是那樣毫無生氣的要死不活，看得孫玟萱一肚子火卻無處發。

　　看報紙的蘇正武終於是看不下去的對青河大吼：「蘇青河，你可不可以吃快一點蛤？今天是不用上班了嗎？」

　　孫玟萱悶笑了兩聲：「那種班，不用去上了也罷。」

　　青河放在桌面上的拳頭輕輕的攥了起來，身子也開始僵硬。

　　「妳兒子研究所畢業，難道永遠都只找得到那樣的工作了嗎？妳這媽到底是怎麼當的蛤？」

　　「干我什麼事蛤？你怎麼不說你自己兒子不爭氣、不努力去找的啊？什麼事都要怪到我身上？」孫玟萱毫不服輸的反駁，但他們的爭吵聽在青河的耳裡，全是對他刺耳的攻擊。

　　他緊攥的拳頭已經在顫抖，連桌子都在跟著輕輕的搖晃了起來，但他的父母全然沒有發覺異樣繼續狂飆。

　　吵到最後，孫玫萱煩不甚煩的將一封信撕成了兩半，狠狠的丟到垃圾筒裡，青河眼角餘光掃到信封寫著的是他的名字。

　　那是他向一間藝術教室徵求美術老師的回信，孫玫萱居然完全沒給他看過就將它給丟了，還當著他的面撕破！

　　青河倏地站起，垂著的頭，似有一團烏雲籠罩在他上方，他嗓音低沈的問孫玫萱：「為何把我的信給撕了？妳為什麼從來都不尊重過我想要的是什麼？」

　　孫玫萱被他如炬的眼神給嚇了一跳，但隨即便悻悻然的調侃他說：「去當什麼美術老師？還是一間破爛的藝術教室能混出什麼名堂？你讀電機的，把履歷丟科學園區行不行啊？」

　　「別人的兒子總是一副雄糾糾氣昂昂的樣子，我們的兒子老是一副喪家犬的模樣，看得煩死了。」蘇正武說著滿臉厭惡的把報紙給甩在桌上。

　　然後兩人突然聽到一聲來自於兒子可怕的咆哮怒吼，餐桌上的早餐也全被他給掃於地上，他自椅子蹭起後越過蘇正武和孫玫萱，陽台的紗門刷得被他拉開，冷風隨即吹了進來後，兩老以為他只是想到陽台逃避

他們的怒罵，但緊接著是沈重又悶的一聲巨響，就在兩人都還搞不清發生什麼事情之際，悲劇已經產生了！

兒子在他們眼前直接自陽台一躍而下！

這就是那場惡夢完整的樣子。

孫玟萱的心情卻感到異常的寧靜，應該是接近於『空』，好像整個人懸浮於天空之中那種飄飄然，她也不知道究竟為什麼會這樣？連愧疚都感覺不到，直到身旁聽到有人對她說話，她才從九重天回到地面上，轉頭看向聲音出處，原來是怪物陶蒂蒂，嘴一張一合的卻聽不懂她究竟在說什麼？

她兩隻義肢這回又換回鐵鑄的金光閃閃，抱著一台攝影機，開始播放著裡面的影片，孫玟萱的目光也放到那個小小的螢幕裡。

影片的地點，又是當晚的婚禮，她和卓明澔回到自家大廈的頂樓，他們兩個新人打算鬧通宵不睡，在頂樓又是迷幻藥、又是喝酒的鬧得好不荒唐。

「來追我啊！」陶蒂蒂嘻嘻哈哈的笑聲不斷，衣衫不整的繞著女兒牆滿場跑，卓明澔也喝得不少在她身後追著打情罵俏，但其實，他是暗中一步步的將她

給趕到游泳池邊的跳水台處，見她到達他預想的定位時，便一個猛得抱住她，將她牢牢的釘在那兒不動。

他摟著她深情款款的睨著懷裏的她說：「看妳還想要往哪兒跑？本少爺這輩子都不會讓妳再跑走了…」

深深的吻落到陶蒂蒂櫻紅的唇瓣上，陶蒂蒂覺得自己此刻是全世界最幸福的女人，找到了一個如此疼愛自己、和自己契合的另一半，是多少人的夢想？

他突然拉住她的手高舉，說：「美麗的陶蒂蒂，在這兒為妳的老公跳一首拿手的舞如何？」

陶蒂蒂看了一下腳下的高度有些害怕，跳板下方雖是泳池，但她的身後可是十幾層樓的高空，只是眼前的濃情蜜意和酒精藥物的渲染下讓她克服了恐懼，於是她快速的轉了一圈就停了下來。

卓明澔帥死人的大笑了起來，對她說：「別怕親愛的，我一定會拉住妳的，還記得嗎？You jump I jump。」

陶蒂蒂望著他遲疑了一下，才說：「那你一定要拉好我的手喔！」

陶蒂蒂幸福滿滿地說，卓明澔毫不猶豫的點頭。

陶蒂蒂相信了他，做了一道深呼吸後放鬆了僵硬的身體，在跳板上拉著卓明澔的手像芭蕾舞者般又旋轉了起來，且在卓明澔的鼓舞之下，速度越來越快，眼見時機成熟，卓明澔竟無情的放開了抓住她的手，她瞬間像失去定位的陀螺拋出跳板飛向高空。

當她身體騰空於外時，她瞠渾兩眼、無助的伸長雙臂對卓明澔大喊：「抓住我卓明澔──」

但卓明澔卻一動也不動，嘴角帶著一抹她難以理解的微笑看著她墜落。

她從十幾層樓高的大廈一路往下掉，其間雙手被建築物某部份給扯斷，她卻很幸運的掉在五樓的一個遮雨棚上，再彈落到二樓又一個遮雨棚上，最後才著地。

而那天在頂樓發生的新郎謀殺新娘的悲劇，全都被原本打算到頂樓自殺的青河給錄了下來，他被眼前發生的慘劇給震撼，呆坐在頂樓一整夜，隔天換他自大樓跳下。

陶蒂蒂手中攝影機的畫面最後停在水泥地面，就再也不動了！那冰冷無比的灰色水泥，直接表達了青河當時萬念俱灰的心境。

　　第二天到樓下收青河屍體的警察還抱怨：「這寶皇大廈不是高級住宅區嗎？最近是招惹了什麼冤魂？昨天才處理一件，今天又一件跳樓的。」

　　苦澀哽在孫玟萱的喉頭，兩眼緊盯著一手切掉影片的陶蒂蒂，她竟經歷過如此悲慘的事！如今才會如一隻怪物般活著嗎？

　　孫玟萱目光被樓上一個移動的影子給吸引，她抬頭一晾，卓明澔面無表情的靠在二樓欄杆由上往下看著她們，孫玟萱的心一陣駭然，那個男人殺了她，她居然還跟他住在一起？

　　不料陶蒂蒂凜然不帶感情地對二樓的卓明澔說：「下來為我跳支舞吧。」

　　只見卓明澔聽聞命令後，就爬上欄杆，孫玟萱一愣，他不會是想要跳下來吧？

　　還不待孫玟萱多想，卓明澔真的自高聳的欄杆一躍而下，孫玟萱發出一聲驚叫的瞬間，卓明澔已經落在她們的眼前，毫髮無傷的竟站了起來，開始在陶蒂蒂的面前，扯著如被控制的不協調手腳，跳起畸形無比的踢踏舞。

寄偶鎮 II

陶蒂蒂發出瘋狂大笑，孫玟萱駭然的看著眼前毛骨悚然的一幕，眼角餘光，卻去掃到更詭異的東西！

二樓牆面上那副張著大口的海神真理之石，不知何時，自它嘴裡居然吐出好多隻手，且每隻手都像蛆一樣的蠕動揮舞著，海神頭像變成滿嘴毒蛇的美杜莎！孫玟萱定睛更仔細的看那些手，認出了還套在手臂上的袖子，不正是那些闖空門想謀殺陶蒂蒂的親戚嗎？

「說謊的人，手會被那個真理之石的嘴巴給咬掉。」聲音居然來自於陶蒂蒂，她乍然回頭給孫玟萱一個微笑。

孫玟萱胃覺得一陣的翻騰、毛全悚立了起來！

所以那些人全死了？而且他們的手還被剁了下來，變成那個真理之石的裝飾品？

牆面卻突然發生了細微的變化，延著那顆巨型雕刻，血管般的線條慢慢的在它周圍畫出了人形的輪廓，血滲出的越來越多，最後一條條觸目驚心的血流滿整個牆面。

第 13 章

陌生人傳來的 YouTube 視訊

　　孫玟萱向後退了好幾步，牆面上呈現出一個男人透明的身體，而且那男人身上穿的衣服和現在跳著舞的卓明澔一模一樣。

　　所以…卓明澔死了！現在在跳舞的那個是個人偶嗎？

　　他也是被金婆婆所殺的嗎？還是…陶蒂蒂殺的？那麼陶蒂蒂到底是活人？亦又是死人呢？

　　孫玟萱越想越毛……

　　陶蒂蒂還在緊盯著孫玟萱看，她的眼底充滿哀怨與怨恨！卻好像明瞭孫玟萱心裏的疑惑，開口說：「妳覺得我會變成這副模樣，是不是活該？」

　　一陣怪笑自陶蒂蒂的鼻子裡發出，笑得孫玟萱打從心底發涼。

　　「別人遇人不淑，不就頂多遇到男人變心，或同時腳踏兩三條船那樣的鳥事，而我卻能夠遇到這麼狠心的一匹狼，硬要架著我上斷台頭的狼，連我從那麼高的地方都摔成這副德性，他還是不改其志的非致我於死地。」

「他告訴警方，我們兩人那晚嗑了太多的大麻和喝了太多的酒，所以我是在神情恍惚之下，自己跳下樓的，而他聲稱對當時切確的情況也不是很清楚了。檢查官採信了他的話，且吸毒被抓也是初犯，只判了他吸食二級毒品附戒癮治療緩起訴處分。至於謀殺我的罪證，卻完全不成立。」

「我還活著，所以他知道他們一家人想要侵吞我的財產計劃泡湯了，他一毛錢也拿不到，而且我對於他的愛也已經煙消雲散。那晚我沒有不清醒到他所謂的神智不清，且我的酒量向來很好。摔下去時，我不但親眼目睹他故意放開手，臉上還帶著得意的微笑對我說了一句拜。」

「我還真的希望那晚我直接被他給摔死，但是我沒有。醒後，支撐著我活下去的是對他的恨，那比他帶給我的痛苦還要強一百萬倍⋯」說到這裏，陶蒂蒂掩面啜泣。

「我對自己發誓一定要找出他策劃殺我的證據，我只能裝瘋跟他虛與委蛇的生活下去。但我活在那些毒蛇的陰謀中好累啊！我每天都在提心吊膽，哪天我會再次死在他們的手中？」

陶蒂蒂神情恍惚的望著牆壁上的血色人形。

陶蒂蒂又目光呆滯的繼續說:「有天我突然收到有人傳了一個 YouTube 的視訊給我,那是一則有關寄偶鎮的視訊。收到視訊的當下,我完全不明白那個陌生人寄那個訊息給我要做什麼?直到我看了視訊內容看了不下上千遍後,我才終於明白。」

陶蒂蒂恐怖的一張鬼臉,突然破涕微笑了起來:「於是我以安養餘生為由,在這裏買了一棟豪宅,關心著我的財產的那堆毒蛇,當然就會跟著一起追來。我先殺了卓明澔,然後把他給埋在那件真理之石的藝術品後面,只剁了他那顆頭給金婆婆製作成人偶,因為我要他的腦袋,變成供我使喚的奴隸一輩子。」

她的鬼臉裂出一道恐怖的微笑,看著那淒楚的笑,孫玟萱屏息的幾乎要心臟停止。

「他的三個親戚自相殘殺後死在這屋子裏,其他兩個追殺我追到林子裏……」

被追進森林裏的陶蒂蒂,兩隻細如駱馬的腳終於跑不動的不支倒地。她整個骷髏身子撲在地上,後面,大姑子壯碩的身影和她瘦弱的身子重疊在一起。

陶蒂蒂轉身害怕的看著她,她面露得逞的邪惡微笑,向身後大叫:「親愛的,那怪物在這兒呢。」

陶蒂蒂反身，慢慢的向後爬。

大姑眼裏發著可怕的晶光對陶蒂蒂說：「反正妳已經變成了這副德性，再活下去也見不得人。與其活得這麼沒有意義，倒不如死了算了，把錢留給我們，我們會好好的幫妳花掉它，不會浪費一毛錢的。」

說到此，她嫌惡的又向後看了一眼，老公不知在磨姑什麼？怎麼到現在還沒出現？她尖聲又向後喊了一聲：「親愛的～」

陶蒂蒂卻突然大笑了起來。

「笑什麼？」大姑很不爽的吼她。

「那個男人剛剛當著妳的面殺了妳的親人，妳居然還叫他親愛的～不可笑嗎？」

大姑一怔，隨後結結巴巴的說：「他…他殺我妹妹和妹婿，是…是為了我們將來的幸福著想…」

「妳雖然長得不漂亮，但我記得妳以前的皮膚一直都很好，」陶蒂蒂硬生截斷她的話：「妳以前那吹彈可破的皮膚，美到連我這個馬豆都情不自盡的羨慕，但現在看看妳，那皮膚連賴蛤蟆都比妳光滑，可曾想過為什麼？」

經陶蒂蒂這麼一提醒，大姑才如暮鼓晨鐘的猛然一驚！

對啊！皮膚是從什麼時候開始變得這麼的差？每天過著煮飯洗衣的黃臉婆日子，完全都忘了好好保養過自己才會變得這麼差的嗎？

陶蒂蒂卻破天荒的說：「妳的皮膚會變成這樣，是因為妳的老公在毒殺妳。」

如有一柱晴雷霹在她頭頂，她撕聲厲道：「妳少在那裏胡言亂語！想破壞我們夫妻的感情是嗎？我警告…」

她瞠目看著陶蒂蒂霍地伸長手，遞給她的手機螢幕，裡面正在播放著大姑丈打給陶蒂蒂調情的音訊：「蒂蒂，等我們處理掉那堆垃圾之後，從此就住在天鶴山裏，好好的度過如同神鵰俠侶的日子，我一定會好好照顧妳的餘生。」

陶蒂蒂刻意反問大姑丈：「那麼大姐呢？」

「那個醜姑吃了我特製的營養食品後，身子從裏爛到外面了都還不自知，早就對她又肥又醜的模樣厭惡到了極點，很早以前就幫她投了防癌險，只是她的

命真硬，吃了這麼多年的毒，居然到現在都還沒有致癌，真是隻超級小強啊。」

大姑不敢置信自己聽到的，腿一軟跪地。

見她失魂落魄的樣子，陶蒂蒂訕訕一笑：「他都殺得了妳的家人，哪有可能獨對妳手下留情，況且妳也未曾替他生下一兒半子的,他還對妳有任何感情嗎？」

第14章

說謊者，手會被吃掉

陶蒂蒂添油加醋的斬斷他們夫妻最後的一絲信任。她也想都沒想到，一場以為找到可以依靠一輩子的婚姻，居然是為自己引來這群想分奪她財產的豺狼虎豹。她的父母在一次遊艇旅遊中不幸雙雙落海後，億萬家產就繼承到她這個獨生女身上，現在仔細想想，她好像也差不多在那時認識卓明澔的，他們早就有計劃的接近她。

「老婆，別聽那隻怪物在那裏胡說八道，那錄音是假的…」大姑丈這時恰巧趕到，他手中一把觸目驚心的斧頭在月光下發亮。

話未說完，他已死命的扯著大姑的手臂往後面林子走，還不斷回頭兇狠的瞪向地上的陶蒂蒂。

「你放屁，」大姑卻失去理智的大吼大叫，不斷的甩著手臂想要掙開老公的手：「那明明就是你的聲音還想要賴蛤？」。

「我到底做了什麼對不起你的事？要你這麼對我？每天幫你一家人洗衣煮飯，還伺候你家那兩個老廢物到他們死，我到底是上輩子欠了你多少債啊我？」

陶蒂蒂滿意的看著兩人吵成一片，視線也不斷的向四周林子的霧裏打探，茫茫如海的霧中，有物體在隱隱竄動。

「妳別再叫了啦！走走走…我們到那邊去說…」老公還是不斷拉著她往某處走，陶蒂蒂瞇起眼看著他們。

「在這裏說就好，幹嘛硬要去那裏蛤？而且也沒有什麼好說的，我要告你殺了我家人，還有想毒死我啊啊…」

老公冷不防地將鬼吼鬼叫的老肥婆給一推，大姑還來不及反應腳先一陣踩空向後倒，她無措的揮著手大叫，終於碰地一聲落地後，身上已插滿竹子。她瞪目望著皎潔的明月，鮮血自她口裏不斷湧出，沒多久便斷了氣。

大姑丈面目猙獰的低頭看著死不冥目的老婆，那兩隻瞪著他的眼睛，讓他死死的打了一個寒慄，嗤哼了一聲，還有一個等待他解決，陶蒂蒂。

他轉身，如惡狼般虎視眈眈的睨著陶蒂蒂：「好個反間計，想要利用她的手來殺我是嗎？」

　　「我跟你非親非故，你以為殺了我，就能得到我的財產嗎？以前還有卓明澔做為你們卡油水的橋介，現在你想要靠什麼卡我的油水？」陶蒂蒂無畏無懼的直視著他，他也無所顧忌的緩緩向她走去。

　　「當然還是妳老公，妳老公沒申報死亡證明對吧⋯」他卑鄙無恥的說，向她迫近：「他欠了我一屁股的債，等妳死了財產全歸妳老公名下，到時他就得連本帶利還給我，那些實的虛的簽下的債務，也夠我安養下輩子了？還是妳要和我結婚？結婚證書我都準備好，等妳蓋個印章或者⋯手印也行喔。」

　　「哼哼哼⋯」陶蒂蒂忍不住的大笑了起來，受傷的喉嚨，笑聲聽起來尖銳得刺耳，逼得大姑丈厭惡的不得不掩起耳朵。

　　若真要和這個怪物結婚的話，他一定等她蓋完手印，就想辦法弄個意外讓她升天。

　　「我還真從小到大，沒見過像你這麼噁心不要臉的蟑螂。」陶蒂蒂咒罵著他，可怕的面孔，扭曲得更不成人形。

「少囉嗦，跟老子我回去蓋章，還是妳也打算死在這當孤魂野鬼？」他怒氣騰騰的抓住陶蒂蒂骷髏般的義肢時，卻發現了不對勁。

不知何時？林子裏居然站滿了人，他們陰氣森森的與林子裡的樹參差在一起。大姑丈屏息的盯著他們的一舉一動，不知道他們究竟想要做什麼？然後突然覺得脖子好像被什麼蟲子給咬了一口，他嘶痛的哀嚎了一聲，炙辣的疼痛立即自脖子漫延開來，他覺得身體怎麼越來越僵硬？

站著不動的人影，開始自林子裏向他圍攏而來，他驚恐警戒的瞪著他們，他們走路的姿勢怎麼宛如僵屍？趴啊甩得一點人氣都沒有？

他本想拔腿就跑，但燒灼感遍布全身，讓他身子硬得宛如一根木頭動彈不得，最後咚得一聲向後倒地。

這是怎麼一回事啊？

大姑丈駭然的看著穹頂上傾身圍來看著他的頭，全…全是人偶！

這些長得像人偶的「東西」究竟是什麼啊？他們…他們怎麼都會動啊？

大姑丈發不出求救聲，金婆婆這時從那群人偶裡冒出，大姑丈一眼就認出了她是白天那個好管閒事的老太婆！

他張著嘴結著舌發出嘎嘎嘎的聲響打算跟她求救。直到他看到金婆婆手裏拿著一把竹子做的管子，另一手伸向他，拔掉他肩膀上的毒針，才明白金婆婆絕對不是來救他的！

金婆婆突然打破了山林的死寂，對陶蒂蒂說：「蒂蒂，這是你和這個人的恩怨，你打算怎麼處置他？」

陶蒂蒂面無表情的正在月亮下照鏡子，她透過鏡子看向身後的金婆婆，很快便決定了處置的方法，她冷冽的說：「我想知道這個鎮上有沒有人還沒死，就被做成人偶？」鏡中的月光發著銀色的鋒芒。

金婆婆裂嘴微微笑的點頭：「只要是親屬的要求，我們都可以幫忙達成。」

金婆婆和所有的人偶看向已經被他們立起來欲哭無淚的大姑丈，他嗯嗯嗯的連發出正常的聲音都不能。

＊＊＊＊

思緒拉回豪宅，陶蒂蒂一動也不動的模子，好像保健中心裡的人形骷髏，眼裡卻隱藏著波瀾不驚的情緒說：「那些可鄙的親戚全都死後，連同那個活活被做成人偶的大姑丈。全都只配留下那些髒手來當我的裝飾藝術，其它的部份全被金婆婆丟到深山餵山豬了。」

餵山豬！孫玟萱頭皮發麻！

場面又陷入靜默對於陶蒂蒂的不幸遭遇，孫玟萱真是為她感到不甚唏噓。

「YouTube 的視訊是金婆婆在知道我的遭遇後傳給我的。她讓我明白對於身邊人的死亡，我們有很多種方式可以面對。有些人恨不能身邊的人快點去死，那樣才能夠得到解脫，活得較為輕鬆；有些人卻傷心欲絕，學不會放手。」

「學不會放手！」孫玟萱左手不禁抖了起來，連忙用右手握住它。

「那晚我被我丈夫丟下去時，看到對面大廈頂樓站著一個人。我第一眼就認出了那個人是青河。」

「什麼？」孫玟萱的目光瞬間明亮了起來。

「他不但站在頂樓，手中還拿著在婚禮上拍的那台照相機。他是唯一全程目睹我被殺的目擊證人，但是……他不但沒有拿出證據跳出來為我伸冤，反而選擇以自殺結束生命。」

孫玟萱的心被狠狠的剜了一刀，急道：「自殺！青河沒有自殺，妳不是也在這裡見過他？」

但陶蒂蒂沒理會她，自顧自的繼續說：「青河最後會選擇做出那麼極端的行為，足以見他對世間的人事物，早已感到萬念俱灰了。但是我不知道是什麼原因，什麼原因讓他寧可選擇死亡，也不想再繼續活下去了？他從來就不會對我說出心裡的話。」

她幽黑的眸子驟轉為質問，睨向孫玟萱。

孫玟萱承受不了那樣責備的目光，湧起一股無由的憤怒對她大吼：「妳這胡說八道的瘋子醜八怪，什麼人偶會動、還會殺人？死人也不可能活過來？青河也明明還活著，我一直都有看到他，他只是不知道跑到哪去了？我不想再聽妳的瘋言瘋語。」

孫玟萱不假思索的往大門拔腿跑了出去。

第 15 章

時光交錯

孫玟萱一口氣跑到活動中心自窗外看向活動中心裏面，就在那一瞬間中心裡偌大廣場的所有人，都一齊看向窗外的她。被眾人目光齊射而來，她驚慌的將脖子縮離窗戶，喘著粗氣，那些僵屍是不是已經知道她已經發覺他們的秘密了？

雖然只是匆匆一瞥，但她確定青河不在裡面。

前面就是後山，那座她差點走不出的詭譎山頭，令她猶豫著是否要再進去？一籌莫展之下，又覺青河可能就在那裡。

硬著頭皮還是踏進後山小徑，陰森森的氛圍連鳥鳴聲都顯得好詭異。她邊跑邊大叫青河的名字，但就是不見他的蹤影，兒子究竟會跑到哪去了？她到底要怎麼樣才能把他留在身邊不再讓他逃開？

不知不覺中來到金婆婆搭設的草棚，但只看到散落四處的稻草和成堆的破布舊衣,靜靜的擱在篷架下，風吹得一些砂塵在地上繞成一圈小旋窩的打轉，一個人也沒有。

孫玟萱覺得極其疲倦，多日來只要眼睛一睜開就是不斷的在找兒子雙腿一跪。不禁失聲的掩面痛哭了

起來，哀傷中恍然想到金婆婆的屋子裏的那張床，她好像每次從那張床上醒第一件事，就是碰到青河。

或許解鈴還需繫鈴人，一切的關鍵似乎全在金婆婆身上，她必需回到木屋裏去向她要回兒子才對。

她霍地站起，這才發現園子裡聳立著一座座陰森森的墓碑，之前來過好幾次怎麼都沒看到？她踏著戒慎的步伐向那裏走近一看，不禁倒吸一口氣，墓碑下的墓地全被刨開，裏面空躺著一具具棺材，沒有屍體。放眼望去，每一具墓碑下的情形都一樣。

他們沒有把棺木再蓋回去，是不是方便僵屍們再躺回墓地裡吸收地氣？難不成陶蒂蒂說的都是真的嗎？

她用力的甩頭想完全拋開陶蒂蒂說的那些恐怖故事，還有…青河已經死掉的事實！

全身抖個不停，她的青河是不是金婆婆下一個變成人偶的目標？金婆婆真的是個變態殺人狂，她可以毫不眨眼就殺了陶蒂蒂一窩子的親戚，什麼受親屬的委託，只是她殺人的藉口而已吧！

　　青河的名模同學絕對不是寄偶鎮的這個陶蒂蒂，那一定是那個怪物跟金婆婆一起杜撰出來嚇她的鬼故事。

　　她轉身一口作氣的往山下衝經過熱鬧的老街時屏息低著頭，對擦身而過的路人視若無睹。在暗巷雜物間頭上總是包著白色頭巾的阿桑，在她身後叫她孫老師。孫玟萱只覺得被死人那樣喊著自己的名字，頭皮一陣陣的抽麻便跑得更快了。

　　這時，警報聲居然又無預警的漫天響起，孫玟萱抬頭，天空的烏雲竟自四面八方潮來如巨浪般的湧動！

　　「慘了！若是又起了大霧，那又會迷路回不了金婆婆的家了。」

　　她這時才驚覺，這個地方的日出日落，好像與二十四小時無關，它高興什麼時候天黑，就什麼時候天黑。

　　天空驟然傳來轟隆隆的巨大引擎聲，孫玟萱被震得驚恐抬頭看向天際。居然有好幾架戰鬥機自她頭上呼嘯而過，她本能的蹲下去閃避那飛得過低的飛機，

它的機尾還拖著龐大的黑煙，歪歪斜斜的飛過孫玟萱的正前方後失控，轟然墜地爆炸起火！

龐大的熱震波向孫玟萱迎面罩來，她被震得騰空飛了一公尺遠撞到一顆大樹後才落地。

孫玟萱感覺五臟六腑都要碎了，跌跌撞撞的爬起身時，完全無法了解眼前究竟是發生了什麼事情？又來一聲大爆炸，遠方的森林頓時火光衝天，整座山立刻被火吞噬陷入一片火海。

一名女子的叫聲，由遠漸次的傳了上來：「王宏志——」

孫玟萱回頭探尋聲音出處，此時，竟有機關槍自孫玟萱的面前一路掃射而來，她還來不及反應就見一個男子不知打哪跳出護住了那個呼喊女子的身體。兩人滾到了山坡下，孫玟萱卻還是愣在那個槍林彈雨的山坡上，呼吸急促的望著山下的兩個人。

漫天的飛機卻答答的飛走了，留下一片山河破碎後的硝煙和大火。宛如自鬼門關前走了一圈回來的孫玟萱，還是沒回神過來經歷了什麼事？

飛機走後，女子自男子的身上爬起後，披頭就怒不可遏的質問他：「王宏志，你到底穿上軍服想要幹什麼？」。

女子這時才面對著孫玫萱，她又瘦又高，清秀的五官上，卻蘊藏著嚴肅成熟的神態。

那張臉好熟悉，似乎在哪見過她？

「我好不容易才從前線撿了一條命被送回來，你卻急著想要去那裏打仗？而且還是幫日本狗子侵略別人的國家，你是瘋了嗎？」

女子幾乎在對青年嘶吼。

「這本來就是弱肉強食的世界，強者消滅弱者有什麼不對？世界在強者的統治之下，人類才會更富裕繁榮。」

女子滿臉哀傷，更是無語問蒼天的仰天嘆息，義憤填膺的指著滿山遍野的大火說：「你看我們的家鄉在剛那一瞬間就變成了煉獄，戰爭帶來的就只有毀滅，不會帶來什麼富裕繁榮和任何希望的。況且去燒殺略奪別人國家的叫賊寇，才不是什麼強者！」

「我不想再聽妳一個女人婦人之仁的想法…」王宏志氣噗噗的站了起來，當他的臉面向孫玟萱時，孫玟萱全身都僵住了！是金婆婆家裡那個老是穿著日本軍服的兒子！

那麼眼前這個高瘦憤怒的女子和金婆婆是什麼關係？只是仔細看，女子怎麼越看越和金婆婆長得十分相似？

女子垂著頭問男子:「我被日本政府派任到前線當護士時，你知道我一天要替被送回後防的士兵截掉幾隻手和腳？你知不知道那些日本兵是怎樣對待戰俘的？多少孩子的屍體飄浮在水溝河裏？空氣中四處飄著被燒焦屍體的味道，這些可怕的景象，叫做婦人之仁？」

若非一場嚴重的空襲中，她受了重傷，她不可能被允許返台回鄉，也許早已成了戰地骷屍。

「我不管妳怎麼想，我也不管妳曾經經歷過什麼？總之，我要到前線去為日本天皇盡一份力，這是我身為一個男人該有的職責。還有，我叫松本野田，不叫王宏志。」

　　說完王宏志頭也不回的走了，看他全副武裝急著表現男兒氣概的模樣，趕赴前線一事似乎已經沒有妥協的餘地。

　　長得像金婆婆的女子絕望的跪坐於地傷心欲絕的表情裡，卻咬牙切齒的怒瞪著無情的王宏志。

第 16 章

為愛痴狂

女子無端被日本政府派到前線醫護站,在那宛如鬼獄的沙場上支撐她活下去的無非就是對王宏志的愛;夜以繼日期盼的就是能夠活著返鄉和他同組家庭,過上一個正常人的日子。

但如今對軍國主義盲目崇拜的王宏志,居然又急著要將自己推向死亡,對戰爭熱血沸騰的男人,根本就不知道將要踏上的是一個多麼可怕的煉獄。

她低頭發現自己滿手是血和腸子,她身下的土地已經不是泥土草地,而是一個一個苟延殘喘的士兵,正瞪著渾圓的眼睛,幾近嘶啞的對她說:「求妳救救我…求妳救救我…我不想死在這裏,我還要回家找我的媽媽和老婆,我兒女才剛出生…」

女子崩潰的仰天長嘯,起身開始狂奔了起來!

這時孫玟萱訝然發現整個蒼穹在快速的飛逝,最後連銀河都旋轉了起來。一片晶光閃閃,然後又是一片的昏天暗地直到天幕倏地一滯,所有的時空儼然更換了場景。

孫玟萱讓自己鎮定努力的辨認著四周,眼前的場景從山上來到了她熟悉的畫面,這裏是金婆婆的小木

屋！屋子裏的擺設大致上沒有什麼變化，但看起來比較新好像剛蓋沒多久。

孫玫萱站在屋子的客廳，女子竟舉著一把日製 99 式步槍瞄準已經背著背包，整裝準備離開的王宏志。

孫玫萱這時更加肯定那女子就是金婆婆，那犀利的眼神和義膽忠肝的個性，除了她絕對不會是別人了。難不成她現在看到的是金婆婆年輕時的模樣？

王宏志凜然的睨著金婆婆問：「妳想要幹什麼？」

金婆婆冷冷的說：「我不會讓你走的。我絕對不會讓你去助紂為虐，少一個人參戰，就少一點傷亡。」

「妳瘋了嗎？」王宏志決然的抿起唇，好一會兒才說：「即使妳把我打成重傷，也於事無補還是會有人代替我去打仗。」

「那是別人的事，至少我阻止了一個。」

王宏志被她果決的神情給驚忧，連忙說：「妳把我打成殘廢，打碎我完成大任的夢想，妳覺得我還會想要和妳一起結婚共組家庭嗎？」

「反正你也打碎了我想要和你一起過平靜生活的夢想，再問你最後一遍，你依然堅持要走？」

王宏志連想都沒想的點頭，槍就怦然發出一聲巨響。王宏志張目結舌的看看金婆婆，然後低頭看看自己胸前開始湧出的鮮血便筆直的倒地。

孫玫萱不敢置信的盯著眼前這一幕，地上的王宏志死不冥目的瞪著兩隻明亮的眼睛漸漸地變得越來越黯淡，大張的嘴急促的想呼吸卻什麼都吸不到漸漸的停止了。那張俊逸的臉，瞬間石化在還沒全然褪去的年少稚氣上。

金婆婆手中的槍咚得落地，兩眼無神的直視著血泊中的王宏志許久才跪到他的身旁。握住他的手放到她的臉頰上不捨的磨蹭著眼淚就自她的眼裏噴哧而出，終於忍不住的放聲大哭了起來。

孫玫萱跟著她的眼淚，情不自禁的酸楚了起來。

世界又開始旋轉，外面的天色驟地變黑，就宛如眼前發生的悲劇一樣蒼茫。當視線再次穩住時，孫玫萱聽到後面紗門呯得一聲連忙跟了出去。年輕的金婆婆拖著王宏志的屍體，從後院走了出去。

金婆婆似乎並不知道孫玫萱的存在，所以她也不避諱的跟的很近。金婆婆把王宏志放到一個推車上，

便往香蕉林走進去。路越走越陡峭,金婆婆卻顯得毅
然又堅定,毫不畏艱辛的使盡全力硬是將屍體推上山。

　　她要怎麼處理王宏志,孫玟萱心裏雖早已有個譜,
但還是好奇一路氣喘如牛的跟著。金婆婆卻拉著一具
屍體箭步如飛,她竟跟不上她一轉眼已經沒了金婆婆
的身影,人呢?

　　孫玟萱咬起牙關加快腳步的跑了起來,繞過一個
小彎後,她駭然被站在眼前成排的人給嚇了一大跳!
差點沒往後滾下陡峭的山坡。

　　前面是一個由黑耀岩般的石頭砌成的平台,平台
後方被高聳的峭壁給圍繞。上面站著成排的人,那些
人一齊向山下俯視。他們身上五顏六色的衣服在漆黑
的夜裏,顯得十分的明亮。

　　他們三更半夜成排站在山壁上看什麼啊?

　　孫玟萱疑惑不已盯著山壁上的人們,卻越看他們
越覺得不對勁。他們兩眼都瞪大如牛的直視著平台。
平台中央有一顆巨大得無與倫比的老橡樹,它盤枝糾
結的枝幹,如正在手舞足蹈的魔鬼。

　　此時,孫玟萱的目光被跪在平台中央的金婆婆給
吸引,王宏志的屍體已經被她給置於平台上,她不知

何時在屍體周圍點亮了燭光？但仔細一看，燭光是自圍繞著平台的溝渠裏油燈點燃的。光影在年輕的金婆婆和王宏志僵硬的臉上幢幢跳動，把他們兩的臉照得詭異無比。

金婆婆的口裏唸唸有詞，還邊幫王宏志脫去他一身最引以為傲的軍服。為了看得更仔細孫玟萱向他們靠得更近，才發現金婆婆用紅色的朱砂在赤裸裸的屍體上，開始寫滿紅色的經文，口中唸著靡靡咒語，在黑夜中低沈恐怖的繚繞。

孫玟萱立即明白金婆婆打算幹什麼？她想要把王宏志變成人偶，她年輕時，就是個巫師了嗎？

她抬眼再看向那些山壁，皎潔的月光下，那些直視著她的蕭瑟呆板的臉孔，依然一動也不動的就只是靜靜的站在那兒。孫玟萱恍然大悟，那些山壁上的也全是人偶不是人！它們應該是這個人寄偶鎮上代代流傳下來的人偶吧。

金婆婆手中突然亮出一把剪刀，鋒利的光芒在燭光中閃出一道道肅殺之氣。金婆婆捻起王宏志的眼皮，孫玟萱看得心一緊，刀鋒咔嚓一聲，真的將那被捻起的眼皮一刀剪下，王宏志的眼睛驟然變得晶亮無比。

孫玟萱害怕的連忙摀住嘴不叫出聲！

她慢慢的向後退，腳卻不小心去絆到地上的樹根。硬生一屁股跌坐於地。她疼得哀嚎，但卻沒有因此驚動沈迷於咒語中的金婆婆。

孫玟萱覺得滿手不知道去沾到什麼濕濕黏黏的液體，舉起雙手一看，手上全是乳黃色的詭異液體，刺鼻的奶味迎面撲來。

這…究竟是什麼東西啊？

就在她自問自答的想甩開手上的黏液時，卻聽到猶如小嬰兒吸奶時的喝飲聲。她抬頭，眼前的橡樹幹上，居然冒出了好多顆人頭，驚得孫玟萱差點喘不過氣，那些人頭臉上，均呈現一抹滿足的笑容。

第17章

生死定律

樹幹裡的人頭，在喝那橡樹分泌的乳汁嗎？

孫玟萱駭然的瞪著眼前詭異到了極點的恐怖景象，然後即使在暗夜裡，她都感覺得到山壁上那些人偶的眼睛也開始眨動了起來。原本張張呆滯的臉，好像也笑了起來！

一陣雞皮疙瘩，它們好像正由上往下盯著她這個外來客。

那棵橡樹的汁液，正在餵食那些人偶嗎？

此時，金婆婆拿起一個木製的杓子敲開地上王宏志的嘴巴，正要將杓子的乳汁倒進他的嘴裏時，一個讓人毛骨悚然的低沈嗓音突然自黑暗中響起。

「金宇庭妳在做什麼？妳明知讓那具屍體喝了這些乳汁的後果，卻仍執意要那麼做嗎？」沙啞的嗓音停在黑夜裏。金宇庭手中的動作也戛然止住，顯然正陷入一片猶豫之中。

沙啞的嗓音繼續說：「只要一具屍體喝了乳汁，往後就會有更多對生離死別承受不住的人。央求妳留住本該通往冥地或極樂世界的靈魂，讓他們繼續留連在人間。到時天地間生死亡靈將一片的混亂，這不是我們當初村鎮裡守住這顆魔樹的本意。」

金宇庭手中的杓子在顫抖。

「若是妳真的怎麼都放不下王宏志，就讓他安葬於魔樹的枝幹裏吧！枝幹會好好的包覆他將他安葬，再如同先祖們安靈的方式。請木匠為他做一具木偶放到山壁上，乳汁會繼續滋養他的靈魂。他的木偶會站在那兒守望著妳，直到他對人世間再也沒有遺憾和顧忌後，便會自然而然的塵歸於土得到安息。」

眼淚縱橫金宇庭滿臉，最後滴落在王宏志蒼白僵硬的臉上。

金宇庭哽咽的說：「他是抱著遠大的志向被我殺死的，那怨念恐怕連魔樹也無法撫平的了了。即使讓他依古制安葬站在那兒看著我，也只會越吸越多的怨氣而已。」

沙啞的嗓音頓住，許久才說：「那麼就把他給土葬了…生前含著過多怨恨死去的人是不適合被做成人偶的，那樣的怨恨會為鎮裡帶來更多的不幸和禍害。」此時，聲音終於走出了陰影，孫玟萱差點沒被她恐怖的身形給嚇得尖叫出聲！

現身的宛如一隻人形蜘蛛。她擁有一雙正常的腳，但自腰部以上卻連接三副長相不同的女人身體。那三

顆頭的身子好像各司其職，但又像即痛苦又笨重的一起分享著那具身體，走起路歪歪斜斜的找著平衡。

是連體嬰嗎？孫玟萱更加定睛看著三頭人形怪，她們各個黑髮披肩，臉蛋上的輪廓在油燈的照耀之下，卻黑亮的冶豔無比。

原來台灣山區，有這麼黝黑的原住民！

「我不要將他土葬…這不是我殺了他用意！」金宇庭素白的攥頭，攥得又深又緊：「戰場上，我多少次和死神擦身而過，都是因為他讓我活過來的。我不甘心，我怎麼甘心得了九死一生好不容易回到了家鄉，就這麼失去他？這場該死的戰爭！」

金宇庭驀地厲光看向三頭女子：「我讓他死於我的槍下，就是要讓他能夠永遠留在我身邊，所以現在唯一的方法，就是讓他起死回生。」

三頭女子看金宇庭就要將那些乳汁灌入王宏志嘴裏時，其中一個怪身出手打翻金宇庭手中的乳汁，怒吼道：「那些汁液只會保住靈魂一段時間，沒有魔樹的樹幹保護屍身，他的身體依然會腐化，妳不可能永遠留住他的。」

金宇庭如暮鼓晨鐘，即詫異又失望的看著滿地的乳汁。好像被狠狠的敲醒，但依然不甘心的瞪著連體女子。

三頭女子中間那個女子，用粗啞的嗓音堅定的對金宇庭說：「這棵魔樹的用意和大多數的葬禮一樣，只用於緬懷我們失去的親人和祖先，隨著時光的流逝，難以平復的情感也必需慢慢的平靜下來，沒有所謂的永恆。妳是知道的，我絕對不會讓擾亂生死秩序的事發生的。」

三頭女子似絕不妥協的誓死捍衛生死定律。

金宇庭的表情卻驟然變得更加猙獰，她二話不說便舉起槍。不待三頭女子來得及反應，三聲槍響已撼動整個山林。她們不敢置信的瞠目瞪著從小看著長大的金宇庭，慢慢地倒臥於血泊之中，她的血流進了平台的溝渠中和魔樹乳白色的汁液融合在一起。

時光又突然開始挪移，孫玟萱被不知明的力量甩回了老街。

風中傳來呢喃低語：守護者的血灌入人偶中，成就了靈魂的甦醒。

　　濃霧不見了，拿著槍的年輕金宇庭和倒臥血泊中的三頭女子也消失了。

　　王宏志是金婆婆的第一具人偶嗎？為了愛情，她打破了祖先葬禮的戒律，開始為死者家屬寄放靈魂到人偶身上嗎？孫玟萱直覺自己是不是中了邪，才會在這個村鎮一直看到那些詭異的幻象？

　　現在唯一能為她解開眾多謎題的人，就只有金婆婆了。不能再遲疑，她快步的往山下跑，恨不能用飛的直達金婆婆的小木屋。

　　因為沒有大霧，孫玟萱很快就來到了目的地。屋子裏沒有半個人，連那個穿軍服的王宏志都不見人影。孫玟萱見過王宏志幾次木然的坐在客廳長板凳上，兩眼空洞的直視著窗外，他該不會還在等日本軍機來載他到前線為國捐軀？

　　孫玟萱逕直的向後院走去，掠過了幾株香蕉樹就見到了她最想見的人金婆婆。她剛好將完成的福壽伯人偶立了起來，它和一般人一樣高就跟那天來這兒烤菘茸時簡直是一模一樣，不得不佩服金婆婆人偶製作的手藝高超！

站起的蒼白人偶更加讓人看得驚心動魄的嚇人，裏面包的還是如假包換的死者大體。

看著從容自在的金婆婆，孫玫萱忍不住開口問她：「寄偶鎮葬禮的古制是不是妳故意弄給我看的，妳的目的是什麼？」

看孫玫萱如此激動，金婆婆只是抬眼掃了她一下，又低著頭繼續忙她的事，一抹笑淡淡的浮在她臉上。

那笑意讓孫玫萱驟然想起她殺王宏志和三頭女子時的冷絕鎮定，沒有一絲一毫的猶豫就開了槍。原本還存一點質疑的孫玫萱現在也不得不相信，那些鎮民被做成人偶一事，可能是真的。

金婆婆一開始對她說村鎮裏的人口從原本的六百多人，到現在只剩下不到二十人時，但白天，老街卻依然人來人往的熱鬧，那景象可不只有二十人的淒涼。整個村鎮，在金婆婆的主導下，好像早已讓死人，都變成了活人偶！

她那時就應該意會到，這個村鎮的鎮民就如她晚上所見，是真的不太對勁。

金婆婆看孫玫萱對整個村鎮的情況，終於已經有所了解後，便不疾不徐的說：「我們之所以會剪去死者

的眼皮是為了要提升它們的靈氣，讓靈魂永遠不能安歇，這有點像是死不冥目的道理，再加上吸足守護者血的魔樹乳汁，就更容易把靈魂附加在人偶身上。至於會將屍體包裹到人偶裡，一方面是人偶做了防止屍體腐化的效果；另一方面也是因為…」

金婆婆原本低著頭整理福壽伯衣服的目光，赫然掃向孫玟萱，孫玟萱被那道目光看得冷不防一怵。

「人死後，本來就應該塵歸塵、土歸土的入土為安。但因為死者的家屬捨不得放開它們，才讓它們寄生在做得幾乎和真人一樣的人偶身上，讓它們復活後，親人對往生者過多的牽掛，讓他們的靈魂永遠無法得到安息重生。」

死者的家屬，捨不得放開它們！讓它們的靈魂永遠無法得到安息。

放開他…放開青河…

這個念頭讓孫玟萱全身瑟瑟發抖。她宛如又看到幻境中，金婆婆當年對王宏志執著不放的模樣，為了讓他能夠永遠留在她身邊，她還不惜殺了魔樹的守護者。那連體嬰應該算三個人不是一個人吧！

「妳也有那樣放不開的家屬嗎，孫老師？」金婆婆不知何時已然站在她的面前質問她。

孫玟萱駭然盯著她那張滿佈皺紋的臉，怎麼都無法從剛剛看到的幻境中跳脫出來，金宇庭剛剛明明還那麼年輕、對於戀人那麼執著轉眼間卻已經風華成逝、不堪入目了！

孫玟萱向後顛躓了兩步。

她沒有，她當然沒有放不下的親人死了，因為她的青河還活得好好的，她要向金婆婆質問的問題，瞬間全哽在喉頭苦澀的跟著唾液吞下了肚。

「沒有誰能夠幫妳解開那道鈴鎖,能夠解開的人，只有妳自己…」說著，金婆婆嘴角原本詭譎的笑意，變成一抹溫和的笑容:「妳若是也有無法放下的往生至親，就將他帶來寄偶鎮吧！不管是骨灰、指甲，任何死者身上的東西都可將死者的靈魂鎖住。我們這個村鎮，曾經以製作木偶聞名，從日據時代之前就開始了，現在則以製作人偶為主。」

第 18 章

歡迎來到遠近馳名的寄偶鎮

　　孫玟萱精神崩潰的尖聲大叫：「該死的老太婆別胡說八道，我才沒有放不下的親人要做成那些可怕的人偶，妳為什麼要那樣詛咒我？為什麼？青河還沒有死！」

　　孫玟萱歇斯底里的又哭又鬧，鼻涕淚水縱橫她滿臉。她筆直坐起，又聽到一陣陣叩隆叩隆火車前進的聲音，她駭然引首諦聽，一時分不清所在之處，悵然若失問自己：我在哪裡？

　　金婆婆和後院的果樹園已然自她眼前消失不見，取而代之的是電聯車上陰陰暗暗的夜景，在正前方飛逝著幢幢光影，她最後將視線放在左前方，一個站在車門口的年輕女子也正目不轉睛的望著她。

　　女子穿著素白色的洋裝，水靈靈的大眼睛，瞻然有淚：「孫媽媽，妳醒了。」

　　孫玟萱身子一顫，居然是美絹！她那張臉，這次回復成孫玟萱以往熟悉的臉孔，那總是楚楚可憐令人憐惜的模樣，她厭惡至極，但青河卻視如珍寶。

　　美絹張開蒼白的唇，有些結巴的對孫玟萱說：「孫媽媽，您究竟抱著青河的骨灰打算去哪裡？」

　　為了能夠和孫玟萱溝通，美絹努力的接受心理治療克服心裏障礙開口說了話。

　　骨灰罈？

　　美絹的問話，讓在寄偶鎮裡所遭遇的一切，頓時又在孫玟萱腦海重新播放一遍。她兩眼越瞪越大，緊貼在兩臂的骨灰罈變得又硬又冰冷，冷得她不得不清醒！

　　她在那個奇怪詭異的村鎮裡始終追不上青河，該不會是因為青河真的已經……

　　「不——」孫玟萱自椅子上蹭得跳了起來，才不是那樣。

　　在鎮裡她明明還和青河在活動中心看他領獎狀；還抱著他幼兒園時嬌小的身體鼓勵他繼續畫畫。而這女人連在他們躲在那個偏僻的村鎮都不放過青河，真是可惡！

　　孫玟萱目光狠厲的剷向美絹：「妳就是非要不擇手段破壞我和兒子的感情不可，是嗎？妳這女人，老是裝得一副楚楚可憐的臉，卻是個破壞人家家庭的狐狸精，妳為什麼要那麼死纏爛打的？那麼做到底對妳有什麼好處？」

眼淚自美絹細緻的臉龐沈了下去,她緊抿著唇,許久才難過的又說:「伯母,您看一下您懷裏抱著的…是什麼?」

自從青河走了之後,美絹就開始注意神智變得不清的孫玫萱,她的丈夫也在兒子死後離她而去。美絹幾次想要帶她去看心理醫生,卻都被她斷然拒絕,還得忍受她無情的辱罵,但美絹卻依然無怨無悔的抽空來看已經獨居的孫玫萱。

青河過逝一周年的忌日這天,美絹到靈骨塔替青河捻香時,孫玫萱趁廟方不注意時,偷偷抱走青河的骨灰罈鬼鬼祟祟不知道要去哪?

美絹深怕她會想不開,索性一路跟在她身後。

被抱在孫玫萱懷裏的,一點也不像骨灰罈像她的抱枕,她從頭到尾都充滿敵意的怒瞪著美絹,直到手指不小心按到手機畫面上的 Play 鍵,金婆婆的話再度響起:妳若是也有無法放下的往生者,就將他帶來天鶴山的寄偶鎮吧!

一道晴雷當頭劈下,打得孫玫萱瞬間肝膽俱裂。

喪禮、警方打開屍櫃的瞬間、青河破碎的臉，開始殘忍無比的一幕幕浮現,孫玟萱目光瞬間變得猙獰，原來寄偶鎮的一切不是一場惡夢現實才是！

影片再次重複播放：您好，我是金婆婆，今年一百一十二歲，這裏是遠近馳名的寄偶鎮。來到這裡，可以幫您重拾失去親人的悲痛，快帶您放不下的往生者，一起來寄偶鎮。

孫玟萱再次圈緊懷中的青河，她記起來了。

忌日的前一天晚上，她收到不知名者傳來的寄偶鎮視頻。她簡直看得目不轉睛，更感覺籠罩在眼前的黑布，被視訊裡的金婆婆給一把掀開，她又重見了光明！

快帶您放不下的往生者，一起來寄偶鎮。

她驀地站起：「我要帶青河去天鶴山的寄偶鎮。」

- 完 -

國家圖書館出版品預行編目資料

寄偶鎮 II／六色羽　著—初版—
臺中市：天空數位圖書　2022.05
面：14.8*21 公分
ISBN：978-986-5575-98-4（平裝）

863.57　　　　　　　　111006946

書　　　名：寄偶鎮 II
發 行 人：蔡輝振
出 版 者：天空數位圖書有限公司
作　　者：六色羽
編　　審：非常漫活有限公司
製作公司：賢明有限公司
美工設計：設計組
版面編輯：採編組
出版日期：2022 年 5 月（初版）
銀行名稱：合作金庫銀行南台中分行
銀行帳戶：天空數位圖書有限公司
銀行帳號：006—1070717811498
郵政帳戶：天空數位圖書有限公司
劃撥帳號：22670142
定　　價：新台幣 290 元整
電子書發明專利第　I　306564　號

服務項目：個人著作、學位論文、學報期刊等出版印刷及DVD製作
影片拍攝、網站建置與代管、系統資料庫設計、個人企業形象包裝與行銷
影音教學與技能檢定系統建置、多媒體設計、電子書製作及客製化等
TEL ：(04)22623893　　　MOB：0900602919
FAX ：(04)22623863
E-mail：familysky@familysky.com.tw
Https ://www.familysky.com.tw/
地　　址：台中市南區忠明南路 787 號 30 樓國王大樓
No.787-30, Zhongming S. Rd., South District, Taichung City 402, Taiwan (R.O.C.)